U0034017

徐錦成 著

時間的藝術

兒童文學短論集

【推薦序】寧靜的革命是觀念的播種

毛毛蟲基金會創辦人　楊茂秀

一

時間是最長的距離。

二

時間是生命的度量。我們從生到死，在時間裡瞬間而已。四季輪替、早晨、中午、暗夜降臨、接著世界步入一片漆黑。是詩人們就我們的有限生命來描述永恆的諸多片段，以期能協助我們回憶永恆的無限恆久性。而我們住在裡面，那裡「時間是兩處最長的距離。」

——Ruth Gordon

三

月漸漸消瘦，羽毛一小片薄薄
，黎明時分乘雲飛翔
多好啊　從光中走入光中　而且仍然
送光至死不停。

——Sara Teasdale（一八八四—一九三三）

四

微風吹在黎明的臉面偷偷告訴你
　　不要回床上再睡 不要再去睡
你必須問你真正要的是什麼
　　不要又回頭去睡覺
人們來來回回踱步穿過門檻
　　那是兩個世界接觸的點
那門是圓門而且開著
　　不要回頭又去睡覺

——Rumi（一二〇七－一二七三波斯人）

五

一個好問題是永遠不會被回答掉的。

好問題不像是門栓，要栓好栓緊。

好問題比較像是種子，種下種子入土，為的是要獲得更多的種子，

以期綠化觀念的原野。

這些話重要。可是，為什麼？因為它使人瞭解問題是橋，架在知與未知的兩岸、架在過去與現在之間、架在教師與學生之間，架在年長者與年幼者之間。知識是問與答互動產出的結果。新知識來自問題的提出，而問題的提出往往有關舊問題未得到令人安心答案。人一旦學會了發問，會在適當的時機提出重要的問題，那就是掌握發問的藝術，就有充分的機會學習任何你想學習的東西。而天真的小孩大無畏的發問精神是進入發問藝術的「免費門票」。有一次我在淡水捷運站，聽到母子二人的談話：「媽媽，這裡是終點嗎？」「孩子，我們說過了，淡水站是終點站，我們要去看外婆。」「我們為什麼要去看外婆？」「孩子，你的外婆就是我的媽媽，我想念媽媽，所以來看她。」「可是，我不想去看她。」「為什麼？」「因

為，你們見面，就一直講，一直講，就都不理我，我又聽不懂你們在講什麼，好無聊喔。媽——淡水站等一下就變成起點站了！」「你在說什麼？」「我們家在新店，回家時，新店站是終點站，這裡就是起點站。」「你真聰明。」媽媽拍拍小孩的頭。小孩更大聲一點說，「其實，捷運站，每一站都可以是起點站，也都可以是終點。對不對？」我忍不住，對他們笑一笑。望著淡水河，小孩又問：「是誰教魚游泳？」媽媽想了一下才說：「魚天生就會游水。」「那魚會忘記怎麼游泳嗎？要是忘了怎麼辦？」我忍不住問他：「什麼魚不會游泳？」他看看媽媽，媽媽點頭示意他可以回答，他似笑非笑地小聲說：「死魚。」說了又補一句說：「你知道嗎？生魚片，其實是魚的屍體，呵呵！」接下來，我們有很長的對話。

六

獨立思考在教育體系中，常常被強調，可是，我們卻發現，小孩從小就學會察顏觀色，很早就學會不要頂撞權威。

做為機構性的權威：老師、父母等如果沒有接納、傾聽的藝術，是不容易讓小孩放鬆，不放鬆便不會把內心真正的話說出來，更不會講出真正內心想問的真問題。他學會投權威之所好，盡可能提出老師認定的好問題。

許多人在批評我們的師培系統，不斷強調好問題的認知及鼓勵學生提好問題。這是必要修正的風氣。

七

兒童文學是需要時間的藝術。優異的兒童文學作品既不是當代能論斷，那創作者何必急、研究者何必慌呢？如果沒有即刻離座走上街頭的打算，何不把眼光放遠、戰線拉長，專心研究、繼而認真推廣自己的所知所學呢？

——徐錦成（二〇〇五年十一月二十日，中國時報開卷版）

八

兒童文學，是一種寧靜的革命，而錦成這些隨手拈來的革命之作、智慧之作，字裡行間，在在透出，期望讀者要成為獨立思考的主體。他不只在研究過程中，如此主張，在實際行事習慣上，我常常親身體會他的熱心。

英國哲學家柯林悟德的自傳是一部非常經典的作品，我深受其影響，尤其他主張，形式邏輯中的矛盾語句，只有在實際語境中，同時出現，才有意義，錦成知道我的想法。他看見我們月刊轉載沈清松教授在《為現代文化把脈》〈光啟文化出版社〉介紹《柯林悟德自傳》的文章，就主動介紹了柯林悟德的中文譯本（編按：即《柯林烏自傳》，陳明福譯，桂冠出版）給我們，我們將《柯林悟德自傳》第五章轉載在《兒童哲學雙月刊》上，我們的讀者因此能享受柯林悟德的智慧。

九

錦成過去時常為《毛毛蟲兒童哲學月刊》及後來的雙月刊寫專欄，展現作為兒童文學寧靜革命的推手。他為我們推供的知識、洞見、風格，同時，也出現在別的雜誌、期刊上，更為九歌做了多年的選集。

十

寧靜的文學革命，一定會一直走下去的。我們相信，真真實實的問題，透過提問的藝術，播種入土，有人照顧、精心灌溉，一定能生根、長葉、開花、結果，得以綠化觀念的原野。

【自序】贓物返還

徐錦成

這本書能編成及出版，對我是個意外。它從未在我的計畫中，卻還是做成了。

我很少整理舊作，但二〇一八年六月某一天，我為了要查一筆資料，竟不知不覺地整理起舊作。多虧了電腦，我近二十年所寫的作品都還找得到。這才發現，近二十年來我發表過一百多篇短論，形式包括導讀、書評、隨筆等，談的範圍很廣，但其中有一部分談的是兒童文學，篇幅足夠出一本書。

這就是這本書的由來，像是意外，卻又冥冥中自有安排。而如今我已忘記，當時我究竟要查哪一筆資料？

本書寫作期間是一九九九—二〇一八年。最早的一篇是〈彩繪文字，意象海洋——評侯維玲《彩繪玻璃海洋》〉，發表於一九九九年九月二十七日《聯合報・讀書人版》；最近的一篇是〈內容與形式「雙善」的繪本——評鐘亞淳《象善》〉，發表於二〇一八年七月二十日《台灣時報副刊》。

我是一九九九年八月進入台東師範學院（今台東大學）兒童文學研究所後，才開始從事學術研究。雖然我近幾年的研究重心已轉往運動文學，但始終關心兒童文學。除了偶爾寫論文，更經常主編選集。每編一本書，必寫一篇導讀序文，這本書中即收錄多篇這樣的文章。我寫這些導讀性的短文，心情跟寫學術論文一樣嚴謹。

書名取為《時間的藝術：兒童文學短論集》有兩層原因。一來這是花了十九年才寫出的書，「時間」確實是本書的作者。二來這是一本「少作」，雖是我寫過的文章，但有些觀點如今的我未必認同。把這些文章結集出版，對我既是紀念、亦是警惕。過去的我畢竟也是我，無法一刀撇清。書中有幾篇我在最後加了新按語，多半也是交代文章來歷，並無意修正早年不成熟的論點。

書中各篇曾分別發表在《中國時報開卷版》、《聯合報讀書人版》、《自由時報副刊》、《文訊月刊》、《兒童文學家季刊》、《毛毛蟲月刊》、《兒童哲學雙月刊》、《更生日報四方文學版》、《更生日報副刊》、《台灣時報副刊》、《國語日報兒童文學版》、《國文天地月刊》、《新台灣週刊》……等處，謹向這些園地以及主編者致上誠摯的謝意。其中有多個園地已在這些年陸續消失，也是無可奈何的人間事。

如前所述，寫這些文章時，我並未有出書的打算。但幸好這些文章自有脈絡，因此略依性質將五十二篇分為五輯。

輯一「台灣童話十二家」是我主編九歌版「童話列車」書系的逐冊賞析。在此要特別感謝九歌出版社發行人蔡文甫先生及總編輯陳素芳小姐。我自二〇〇三年起，十五年間在九歌主編了十八本書，包括二冊棒球小說選、三冊《年度童話選》、「童話列車」書系共十二冊，及一冊為九歌創社四十週年所編的《九歌兒童文學讀本》。能跟九歌結下這麼深的緣分，是今生難得的際遇。

輯二「華文兒童文學」與輯三「外文兒童文學」有多篇發表在《中國時報開卷版》及《聯合報讀書人版》，這兩個版面是所有喜歡閱讀的台灣人共同的美好記憶，我很榮幸當年經常受邀撰寫書評。

輯四「關於繪本的思考」有七篇是在楊茂秀老師所主持的《毛毛蟲月刊》、《兒童哲學雙月刊》所開設的專欄「繪話連篇」。我進東師兒文所就讀以來，即受到楊老師鼓勵，他從未退過我的稿，對我十分包容。也感謝楊老師替這本書寫序。

輯五「在隨筆與評論之間」的內容比較雜，但即使是隨筆，也多少帶有議論的性質。

歲月是神偷，能有這些文章倖存，我感到十分慶幸與感恩。只是我並不清楚這本書究竟是時間還給我的贓物？抑或是我將偷來的贓物還給時間？

但願本書除了對我自己有意義外，也對關心兒童文學的讀者有參考的價值。

CONTENTS

輯二　華文兒童文學

輯三　外文兒童文學

輯四　關於繪本的思考

輯五　在隨筆與評論之間

輯一

台灣童話

最後不得不提一件閒事。作者在〈自序〉中提及〈彩繪玻璃海洋〉乙文「榮獲散文首獎」，我不知這是作者的自負？抑或編輯的不當處理（我的意思是，這可能是編輯在校對過程中自行追加上去的文字）？若是後者，我希望出版社能考慮到：這樣的廣告用詞放在封面、封底（事實上封底已如此註明）、摺口或腰帶都無可厚非，但在作者的〈自序〉中強調，是否太過火了？而若是前者，我想提醒侯維玲，這聲老王賣瓜的吆喝，跟書中玻璃輕敲的清脆音響相比，實在是不太搭調呢！

——一九九九年九月二十七日《聯合報・讀書人版》

傳說的傳說——《司馬中原童話》賞析

一

讓我們想像這樣一個畫面：六、七十年前在中國蘇北，夏日的夜晚，庭院裡聚集幾個小孩，排排坐聽著老祖母（或老祖父）為他們講故事。老祖母識字不多，但肚子裡的傳奇故事可真不少。她的故事裡沒有西洋的睡美人與騎士，也沒有小矮人跟白雪公主。那些故事，其實是她祖祖輩輩說過又說的，內容全都取材自中國鄉野，有鬼、有狐、有路客與刀客……

那群小孩子中，日後因緣際會出了位大作家，將這些傳說用書寫的方式再次流傳下去……

書名：《司馬中原童話》（童話列車一）
作者：司馬中原
文類：短篇童話集
出版社：九歌出版社
出版日期：二〇〇六年六月
「童話列車」主編：徐錦成

二

司馬中原是不必介紹的。這幾十年來在台灣成長的孩子，誰不曾聽過他說的鬼故事？不曾讀過他的鄉野傳奇小說？

有趣的是，一般人並不認為司馬中原是兒童文學作家。原因可能很複雜，論者可以爭辯他的作品適不適合兒童（但卻無視於兒童已經在閱讀）；而原因也可以很簡單，畢竟司馬中原的著作，從未以兒童文學讀本的方式出版過。

我猜想，這本《司馬中原童話》的出版之後，上述的問題就顯得毫無意義了。

這本書是司馬中原第一本童話集，但除了第一篇〈吳抄手打鬼〉是他應出版社之邀所寫的全新創作外，其他四篇都是二、三十年的舊作，曾分別收錄在他不同的短篇小說集裡。司馬中原的鄉野傳奇，有許多是可當童話來讀的，這四篇是其中的代表作。

三

司馬中原是著名的小說家，這無庸置疑。但在民間，他給人更深的印象應該是個「講鬼故事的人」。不少人會問：鬼故事算不算童話呢？這雖不是高明的問法，但也不妨一談。

鬼故事跟童話共同處很多，它們都是幻想的文類。但鬼故事的幻想基礎可能更侷限一點，它必須建立在陰陽兩界的對立上。鬼故事的「第二世界」就是陰間，而不會是龍宮或納尼亞王國。除此之外，我不認為鬼故事和童話有何涇渭分明的界線。我們看徐克的卡通版《小倩》或宮崎駿的《神隱少女》，都不會想到它們是「鬼片」。因此，鬼故事是否可視為童話（或兒童文學）？關鍵應在它是否寫得適合兒童閱讀。至於「子不語：怪力亂神」這頂大帽子，就少給鬼故事戴上了。

不過以上的解釋，都遠不如司馬中原的講法生動。他說：「我小時候聽到的童話，都是鬼故事！」

四

收在本書中的〈吳抄手打鬼〉與〈血光娘子廟〉可算是鬼故事。但這兩篇故事一點都不恐怖。

吳抄手所打的機伶鬼、醉鬼、大頭鬼、尖屁股鬼、好吃鬼，都是卡通化的鬼。城隍爺也毫無威嚴可言，活脫是個丑角。事實上，司馬中原另有一篇短篇小說名作〈打鬼救夫〉，可見他不是第一次「打鬼」。鬼既然能打，還有什麼可怕？

而司馬中原說〈吳抄手打鬼〉「是各地流傳最廣、又極為精采的故事，在鄉野間輾轉流傳，逐漸形成多種不同的版本」、「幼年所聽的故事，到老年來講，也許有迷迷盹盹、掛一漏萬的地方，我只能用想像去修補那年深日久記憶的湮黃」，正說明了他的童話特色。童話來自民間，而民間童話蛻變成現代童話的關鍵，便在於出現一位具有創造力的作家將之整理為定本。

本書的五篇作品其實都可視作這一類「改寫傳說」的作品。但這些作品經司馬中原之手寫出，就不再只是傳說而已了。

五

〈血光娘子廟〉是本書最長的一篇。女鬼本來想利用丁二嬸兒臨盆的機會討替，以獲得重新投胎的機會，不料受到阿旺的阻撓。過程固然精采，但更令人感動的，該是阿旺體諒女鬼的心，以及為她建廟的過程。

「啊嗬嗬嗬……」年輕的女人激動得哭泣起來：「我真沒想到小哥你竟有這等的好心腸！我們初次見面，彼此名不知，姓不曉的，……但，像我這樣苦命薄福的野鬼，哪配進廟呢？」

「這個你放心，」阿旺理直氣壯的說：「普世天下，哪座廟不是人立的？就憑你剛剛放過丁二嬸兒的功德，你就能進得廟了！」

人若體諒鬼到這個地步，還會覺得鬼（或鬼故事）可怕嗎？

歷盡千辛萬苦，血光娘子廟終於造妥了，那是「一座看上去極為粗糙，但卻極為笨實的野廟」。阿旺也親手為血光娘子雕了座木像。然而，最後還缺了塊匾，這就不是目不識丁的阿旺能解決的。

童話來自民間，原本只是口耳相傳的形式。童話作家採集之後寫成文字，那過程就像一座廟蓋好了，最後在匾額上題字一樣。

當廟有了廟名，香火就有傳承下來的機會了。

——二〇〇六年五月二十一日《國語日報兒童文學版》

——收入《司馬中原童話》（九歌，二〇〇六年六月）

為「自己」寫作——《管家琪童話》賞析

一

管家琪是當代台灣兒童文學界創作量最大的作家。毫無疑問，她也是最具代表性的童話作家之一。

但管家琪的創作年資其實並不長。她的第一本童話集《口水龍》出版於一九九一年七月（民生報社版），之後才開始專業寫作。她擅長的文類很多，其中以童話及少年小說的成績最令人矚目。

許多人對管家琪豐沛的創作活力感到興趣。但看過她的書的讀者，不難在她的「序」或「後記」裡，找到她透露的創作線索：

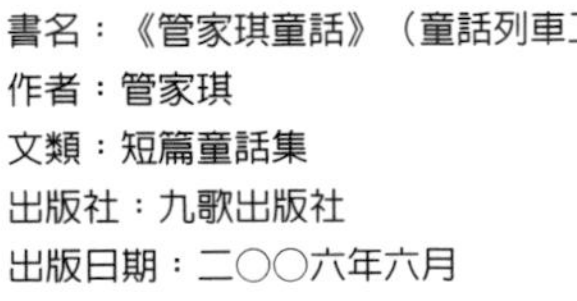
書名：《管家琪童話》（童話列車二）
作者：管家琪
文類：短篇童話集
出版社：九歌出版社
出版日期：二〇〇六年六月
「童話列車」主編：徐錦成

我的童話觀可以說是始終如一，就是只「希望能寫一個好玩的故事」，如此而已。

我始終把自己定位成一個「說故事的人」，努力想寫一個又一個精采好聽的故事。

我寫兒童文學（尤其是寫童話），絕不是為了孩子們而寫作。我不為任何人，完全只為自己。我覺得自己可以寫童話，而且，寫童話讓我覺得很快樂。

這些都不是客套話，也算不上誇張的大話。這些話洋溢著創作者的熱情，而做任何事如果缺乏足夠的熱情，都難有所成——「說故事」這個行業當然也一樣。

二

作家為了自己而寫作，事實上是極其自然的。但或許是受到「文以載道」傳統觀念——這點管家琪向來反對——的影響，肯大方承認的作家並不多。然而，所謂

「為了自己」而寫，除了滿足作家的自我實現外，有沒有其他可能呢？

就算是一種有意的「誤讀」吧！如果我們把「為了自己而寫」裡的「自己」擴大解釋，那麼，管家琪會不會希望透過作品告訴讀者：要認清自己、做自己，進而愛護自己呢？

在〈奇幻溫泉〉這篇童話裡，老虎、斑馬及金錢豹一起泡湯之後，都喪失原有的斑紋，且愈泡愈麻煩，斑紋互相交換，但就是回不到自己身上。敏感的讀者可以看出，這是很好的童話開頭。想像一下：老虎披著斑馬的斑紋、斑馬披著金錢豹的斑紋、金錢豹披著老虎的斑紋，故事若照這樣發展下去，許多趣事都可能發生。然而，管家琪偏不這麼寫，她的處理方式是：三個人都不喜歡這種「從頭到腳煥然一新」的改變，都想找回自己原來的斑紋。老虎、斑馬及金錢豹雖然都沒說，但我想他們都該同意：自己的斑紋總是最好的。

再看另一篇〈超級蘿蔔〉。胖妞起先並不滿意自己的身材，即使她因此贏得在話劇裡扮演蘿蔔的機會也不知珍惜，終於為此付出代價。可想而知，她最後必能領悟「天生我材必有用」的道理，更加愛惜自己。

讀管家琪的作品很容易開心，許多評論者也說管家琪的童話具有幽默的特質。我認為，那必定是因為作者寫作時相當開心，而作品把她的心情傳送出來的緣故。

她寫作是為了娛己，但最後也娛了人。

三

身為人數眾多的管家琪童話迷之一，我想替這位產量豐富的作家編一本選集的心願由來已久。但在著手之前，我卻想起管家琪的一些話。她是這樣說的：

已經發表的作品，我向來懶得再去管它。我比較在意正在醞釀的新作。

我總覺得，作品一旦發表，就成了「過去式」，是不必再去理會了。我希望自己是一個「進行式」。

作家持續往前走當然是好事，但我忍不住好奇：一位從不回顧的行者若有機會驀然回首，將看見什麼樣的風景呢？想知道作家本人心中的代表作，何不讓她編一本自選集呢？

管家琪接受了這個提議。呈現在此的這本書，便是她親自編選的。她在提出篇目之後，客氣地要我增刪，但我放棄了這項權利。這本書大致依照管家琪的創作順序編排而成，清楚涵蓋了她各個時期、各種題材的重要作品；不論是想輕鬆地認識管家琪，或想嚴肅地研究管家琪，這都是本不可多得的夢幻選集。

這是管家琪第一次出版選集，且是一本自選集，而我相信它不會是最後一次，因為管家琪說過：

> 儘管多半時候都是在「自得其樂」，但我還是會堅持下去，因為這是我自己選擇的志業。

因此，這本書無疑將只是階段性的回顧。只要管家琪繼續寫，未來的華文童話世界就不怕冷場。為自己而寫的管家琪，其實造福的人可真不少呢！

——收入《管家琪童話》（九歌，二〇〇六年六月）

科幻童話的魅力——《黃海童話》賞析

一

提到黃海，大家首先想到的就是科幻文學，不會是別的。一九六八年黃海發表的第一篇作品，便是科幻小說。三十幾年來，他累積了豐富的科幻文學成績，不僅包括創作與評論，也跨越「成人文學」及兒童文學。

要畫出「成人文學」與兒童文學的界線並不容易，也不見得有意義。黃海說過：「科幻不是成人小說的專利，它是成人的童話，兒童的想像文學。」可見他心中自有一把尺。因為科幻，黃海寫童話；而濃重的科幻味，便成了黃海童話的魅力所在。

書名：《黃海童話》（童話列車三）
作者：黃海
文類：短篇童話集
出版社：九歌出版社
出版日期：二〇〇六年十月
「童話列車」主編：徐錦成

二

黃海科幻童話的獨特魅力，在〈〈國王的新衣〉續集〉中展露無疑。

〈國王的新衣〉是著名的古典童話，由於是「經典」，歷來對之改寫者從未間斷。寫「續集」，當然是一種後設性的反省書寫。如果是一般寫法，多半會根據原始版本的架構，在結局處改頭換面，賦予時代新意。但黃海並不這麼寫。他的「續集」建立在科幻的想像上，而不僅在原著的顛覆。他的寫法是先請出神通廣大的機器人，讓所有事情成為可能。繼而讓主角安安回到「當年」，成為老故事的新角色，直接與國王接觸，改寫了原作。更有趣的是，故事最後作者安排了一個「南柯一夢」式的結局，但夢醒時分不但沒有令人心生感慨，反而讓人覺得剛打完一場虛擬的線上遊戲般暢快。

〈〈國王的新衣〉續集〉既有未來的機器人，又有過去的安徒生，科幻元素加進童話後所造成的趣味令人驚喜。

三

閱讀文學作品可以培養想像力，這點相信沒有人反對。我必須承認，〈〈國王的新衣〉續集〉的開頭著實讓我嚇了一跳：

快樂機器人的絕招耍出來了，他讓自己胸前的螢光幕映出了影像，這個有名故事的卡通片，就熱熱鬧鬧的在機器人的胸前映演著。安安起先沒有注意，待他發現卡通片演的是與書本裡同樣的故事，就很快的把書本擱在一邊，視線集中到螢光幕上面。

對提倡閱讀的人看來，這段文字真是錯誤示範！不過，「拋開書本看電視」這件事並不「科幻」，它的確已在真實世界到處上演。而我們也已發現，愈少閱讀文字的人，想像力就愈薄弱。人類使用語言、文字來思考，因此文字比起影像更能承載思想。文學作品字裡行間的哲理，化為影像往往蕩然無存。

就像〈誰撿到國王的夢〉裡所說的：「未來的世界是由現在決定的。」看看我們身邊日漸親近影像而遠離文字的下一代，人類到底是進化？還是退化？值得深思。

四

科幻文學常指向未來，科幻作家透過想像帶我們造訪未來世界。

然而，如果科幻是童話的一種形式，則科幻小說與童話之間的分野又在哪裡？收在本書中的〈外星來的孩子〉毫無疑問是科幻小說；若要視之為童話，恐怕也已達科幻童話的邊界。但黃海既為著名科幻小說家，本書選入這篇，對他的風格應較能完整呈現。

話說回來，小說與童話之間的辯論對研究者而言或許必須，對一般讀者並不是太重要。喜歡閱讀科幻童話或科幻小說的人，都一樣可稱為科幻迷。

五

「創新」對藝術而言極為可貴。文學作家尋找新題材、開發新手法都是常見的事，也是必須的事。科幻文學寫的是未來的世界，追求新題材不僅是權利，甚至是義務了。但黃海曾說：

科幻文學與童話交融調和，形成新的文類「科幻童話」，必須建構在人文關懷、哲理思考上，以追尋藝術定位，構織妙趣無窮的想像世界，在兒童文學園地增添勝景。

可見黃海寫科幻，並不以追逐新題材為重點。本書收錄的作品，有些已是二、三十年前的舊作，但現在讀來仍趣味盎然，沒有過時之虞。這些「老」科幻童話經得起時間考驗，不僅是黃海的成功，事實上也是科幻童話這一童話品種的勝利。

台灣寫科幻童話的人並不多，但光是黃海一人的作品，便足以撐起一片天。台灣童話若少了黃海，不是少了一位作家，而是少了一種類型。

——收入《黃海童話》（九歌，二〇〇六年十月）

創意、形式、教訓與愛情——《王淑芬童話》賞析

一

王淑芬曾經出版過一系列「妙點子故事集」。無庸置疑，她是位充滿妙點子的童話家。

寫童話是需要點子的。相較於其他文類，我們更常以「有沒有創意」來評斷一篇童話的優劣。「有沒有創意」的另一種說法便是「點子妙不妙」。像王淑芬這樣的童話作家，本質上是個「創意人」。

作家在作品中展現創意，讀者因而在閱讀過程中學到「如何創意思考」。這是極其自然的。

在〈不聽話的齊齊〉裡，齊齊說：「是狐狸，就一定要吃雞嗎？」這教的是逆

書名：《王淑芬童話》（童話列車四）
作者：王淑芬
文類：短篇童話集
出版社：九歌出版社
出版日期：二〇〇六年十月
「童話列車」主編：徐錦成

向思考——想像一下，如果狐狸不吃雞，會有什麼故事發生？

至於〈一屋子的抱怨〉，則是聯想遊戲的演練——所有家具都在抱怨，如果你是其中之一，你會怎麼說？

讀童話，學創意。王淑芬童話在這一點給人深刻的印象。

二

王淑芬創意的展現，除了妙點子之外，還可進一步談的是她對說故事技巧的追求。妙點子是內容，但說故事的技巧則是形式。

〈一個國王的故事〉一開頭即說：「我是個童話作家，我的任務是說好聽的故事。」但作家之所以為作家，除了「說好聽的故事」外，還必須懂得「如何說」。這篇童話裡，國王固然想聽一個（他個人覺得）好聽的故事，但童話作家忙了半天，其實也是在反省「如何說，才能讓故事變好聽」這件事。這篇「後設童話」透露了王淑芬對於說故事技巧的追求慾望。

王淑芬對於說故事技巧的反省，更典型的例證應該是〈羅蜜海鷗與小豬麗葉〉這一篇。這篇作品曾獲第二屆國語日報「牧笛獎」童話組佳作，是王淑芬最好的作品之一，也是確定能在台灣童話史上留名的作品。該篇兩位主角的故事分雙線進行，王淑芬大膽地將書頁一分為二，是形式與內容的完美融合，也是難得一見的創意。

〈羅蜜海鷗與小豬麗葉〉篇幅過長，本書無法收錄；不過本書所收的〈急性子的貓〉卻是它最初的版本。同一個故事寫兩次，正證明了王淑芬對「如何說」比對「說什麼」更感興趣。有心的讀者不妨將這兩篇對照閱讀，相信不難從中偷得幾招說故事技巧。

三

在王淑芬的童話裡，我也讀到了「教訓」。

聽到某篇作品裡帶有教訓，不管是大人或小孩，或多或少都會心生排斥。我必須承認，自己也並不喜歡帶有教訓意味的作品。然而，當我從王淑芬童話裡讀到教訓的時候，內心的感動卻是滿溢的。

我的感覺是這樣的：如果我還是兒童，恐怕絲毫不會察覺王淑芬童話裡帶有教訓。（如果你讀出教訓，表示你年紀不小了。）

而如果我更年輕點，一定會說：這樣的童話不是好作品。（更年輕的時候，我很少讀到「好作品」。如今回想，或許問題不在作家，而在於讀者我自己。）

幸好，如今我快步入中年了。讀到王淑芬童話裡的教訓，只覺得幸福。

大紅蘋果掛得高，當時光飛逝，只能掉在泥土裡腐爛；一棵樹就是一棵樹，最好就活得像一棵樹。……這些教訓，你我在年輕的時候就聽說過。但要能體會，還是需要一點歲月歷練的。

四

王淑芬童話的特色，還有一點不能不提：那就是對愛情的刻畫。

在童話裡大談愛情適合嗎？有何不可！愛是您、愛是我、愛是每一個能呼吸、有心跳的生命都需要的。哪怕是乳臭未乾的毛頭小子，也有談戀愛的權利。

「為什麼一塊冰糖會愛上一顆方糖？沒人知道。愛情是沒有道理的。」王淑芬這樣說。

因為愛情沒有道理，所以急性子的貓會「煞」到烏龜小姐。闊嘴兒和小嘴兒也會跨越千里來相會。至於彼此默默遙望的紅玫瑰與白薔薇呢？不必氣餒，王淑芬在故事結尾安排了一場華麗的婚禮等著呢！

或許，愛情本來就有點像童話吧！

五

王淑芬說她的童話「永遠在現實生活中打轉，沒有大規模跳脫時空的『純粹幻想』」，這當然是謙虛的話。

我讀她的童話，獲益良多，而最大的收穫是發現：因為有了童話，現實生活變得多麼不同啊！

——收入《王淑芬童話》（九歌，二〇〇六年十月）

聽老校長說故事——《傅林統童話》賞析

一

在台灣兒童文學界，傅林統是位既深且廣的先行者。

他是作家，創作的文類包括童話、少年小說、兒童故事、傳記等，每一種文類都有顯著的成績；他是評論家，出版過多部評論文集，議題相當廣泛，包括兒童文學的總論到個別文類的探討；他是翻譯家，保羅・亞哲爾的《書・兒童・成人》與李利安・H・史密斯的《歡欣歲月》這兩部影響深遠的兒童文學理論書就出自他的譯筆；他更是在兒童文學工作最前線的教育者，十九歲自師範學校畢業後，在國小服務四十六年後才退休。

傅林統是廣博的，因此，一般人提到他，最先浮現的印象不見得是童話家。但

書名：《傅林統童話》（童話列車五）
作者：傅林統
文類：短篇童話集
出版社：九歌出版社
出版日期：二〇〇七年五月
「童話列車」主編：徐錦成

事實上，做為一個童話家，傅林統很早就已經取得身分證。

檢視傅林統的創作歷程，我們發現，他最早期的少年小說集《友情的光輝》（永安，一九七〇年十二月）的開頭兩篇〈黃鶯和少年〉、〈小燕子〉就是童話——在那年頭，文類的區分不如現在嚴格，少年小說集裡偶爾會看見夾雜童話的情形。而他第一部童話集《秋風姐姐》（成文）出版於一九七九年十二月，算起來，也已經是將近三十年前的事了。

二

如果要將傅林統至今的童話創作進行粗略的分期，我的想法是：《秋風姐姐》與《小龍的勇氣》（樹人，一九八二年二月）是第一期；《智商一八〇小獼猴》（桃園縣政府文化局，二〇〇三年八月）是第二期；而二〇〇五年起開始在《國語日報・兒童文藝版》連載的「月亮說的故事」則是第三期。

在《秋風姐姐》與《小龍的勇氣》裡，傅林統有著濃重的為人師表的性格。篇篇都有思想正確的結局，指導讀者迎向光明的未來。讀這些童話，有勵志的效果。在戒嚴時期的台灣，這樣的童話可說中規中矩。但無可諱言，童話裡天馬行空、無厘頭的部分，傅林統較為欠缺。

三

一九八〇年代中期以來，由於多位年輕、專業（以寫童話為職志）、高學歷（因而對社會及文學思潮較為敏銳）的寫手投入童話創作，恰巧政治上也解了嚴，台灣童話界因此有過一波「新浪潮」（借用電影界的用語）。而這期間，傅林統在童話的創作，相對來說減少了許多。

說來遺憾，台灣童話老將在解嚴之後停筆者不乏其人，譬如嚴友梅或林鍾隆等。令人欣慰的是，間隔二十年未出版童話集的傅林統，在新世紀推出了一本趣味十足的《智商一八〇小獼猴》。看到退休的老校長在這本書裡極盡所能地借用鳥言獸語表演口技，讓人對他有「返老還童」的想像。這本書也證明傅林統是與時俱進的。現今的兒童，對道德教條越來越排斥。傅林統寓教於樂的宗旨並沒變，變化的是，他童話的娛樂性越來越高了。

四

眾所週知，改寫與原創是童話的兩大型態，格林兄弟（改寫）與安徒生（原創）是同樣偉大的標竿。但解嚴以來的台灣新童話，令人目眩神迷的部分在於原創，改寫的工作嚴重不足。身兼評論家的傅林統，或許也看出了這一點，近兩年身體力行，推出了取材自台灣傳統民間故事的「月亮說的故事」，透過現代語調的改寫，成為新時代的創作。

「月亮說的故事」之後，據知還有「星星說的故事」及「太陽說的故事」。這些作品對台灣童話界來說，填補了改寫傳統民間故事的缺口。對傅林統來說，可能也是他所有童話作品中最亮眼的成績。《智商一八〇小獼猴》之前的傅林統童話不是不夠好，但類似的童話非常多，無法突顯傅林統的特色。而像「月亮說的故事」這樣成功改寫傳統故事的童話，先前僅有鄭清文在《燕心果》裡偶一為之令人印象深刻而已。傅林統這一系列作品，相信會在台灣童話史上留下明顯痕跡。

五

這本書共收錄二十三篇童話，上卷十二篇「月亮說的故事」從未結集出書。下卷「鳥言獸語學校」十一篇雖是較早的作品，也有幾篇是首度結集。前後兩卷的風格，讀者很容易看出不同之處。

身為曾受《兒童文學的思想與技巧》、《美麗的水鏡——從多方位深究童話的創作和改寫》等書啟蒙的後學，寫這篇賞析文字是戰戰兢兢的。傅林統評論過許多人的作品，但別人對他的研究實在太少。我認識的傅林統校長，謙沖淡泊，對此應是不太介意的。只是我仍必須說，之前我們太忽視傅林統的童話，但願從這本書起，這樣的情況可以改觀。寶刀未老，憑人挑燈細看。

——收入《傅林統童話》（九歌，二〇〇七年五月）

童話隱士——《魔洞歷險記：林世仁童話》賞析

一

林世仁是當代台灣中生代最具代表性的童話家之一，也是當初「童話列車」書系一開創即鎖定邀稿的作家之一。

坦白從寬，我希望編選林世仁童話選集的原因，除了他個人的優異之外，另有一個不足為外人道的想法：編選林世仁的童話選集一點兒都不困難，因為他的童話水準高、品質整齊，要編他的選集，怎麼選也不會選到劣作。作家本身的成就，可以替編輯省不少麻煩。

不過，雖然想編林世仁選集已經很久，但跟作者的溝通仍花了不少工夫。因為林世仁自己對出版選集有點遲疑，他自覺作品數量太少，還不到出版選集的時候。

書名：《魔洞歷險記：林世仁童話》（童話列車六）
作者：林世仁
文類：短篇童話集
出版社：九歌出版社
出版日期：二〇〇七年八月
「童話列車」主編：徐錦成

是的！十幾年的專業寫作生涯，累積的童話作品竟然還不足十部，這樣的創作量的確太少了！但話說回來，也正因此，林世仁成為當代台灣童話作家中，作品水準最穩定的作者。

二

相較於林世仁為數不多的作品，有關的評論卻已不少。「林世仁的童話有哲理」、「林世仁的童話接近詩」、「林世仁擅長後設寫作」……這些都是我們耳熟能詳的說法。說是「定論」，也不為過。

寫這篇文章前，我不斷自問：我能對林世仁童話提出什麼新意嗎？想了許久，終於想到一點。倒不是我對林世仁的看法有所翻新，而是這本書本身的緣故。

林世仁出版的作品不算多，因此，這本選集裡約有三分之二選自他已經發表、但尚未結集出版的作品。作家出書謹慎，這是很好的德性。若不是這本書，以林世仁的細火慢燉，我想這些未曾結集的作品離出版的日子必定尚遠。

這本書包含林世仁最早、但一直未被收入作品集的兩篇作品：〈花花蟒的故事〉（一九九二）和〈吶喊森林〉（一九九二），也包括最近的〈小狗哞哞哞〉

（二〇〇六）。它是一部具體而微的林世仁童話寫作史。

而另一個重要意義是：它是經過作者本人確認過的，是一本林世仁自選集。要追溯、探索林世仁童話創作心路的足跡，沒有一本書比這本更方便、更必要。

三

藉著工作之便，我有幸比一般讀者早一步讀到這本書。一個可提供給讀者分享的心得是：林世仁的童話，一路寫來，有「愈寫愈回去」的傾向。

我說的「愈寫愈回去」，並不是字面上的意思，說他愈寫愈差。而是我發現，林世仁童話的「適讀年齡」愈來愈向下延伸了。

林世仁較早的作品中，不論是《十一個小紅帽》（一九九四）淋漓盡致的顛覆書寫，或〈再見小童〉（一九九六）的三分哀愁加七分哲理，都獲得如潮的讚譽。但同時，也頗有人認為林世仁的作品過深，是適合成人的童話——或至少是，成人也適讀的童話。

林世仁擺明為孩子寫童話是晚近的事，代表作是一套與哲也合著的「字的童話」（二〇〇五）。

「適讀年齡」的高低，無涉於作品成就的好壞。若從頭讀一遍林世仁作品，我想沒有人會覺得林世仁愈來愈退步。但很容易感覺到的是，作家心中的兒童，年紀愈來愈小了。而讀者跟著林世仁的視角，也從站著慢慢蹲下，直到與兒童的視野平行。

對一個兒童文學作家而言，這樣的寫作歷程饒富意義。

因為蹲下之後，必定有更高的躍起。

附帶一提，這本書如果從最後一篇開始往回看，也是有趣的經驗。有心的讀者不妨一試。

四

最後談談這篇文章的標題。

沒錯！的確是從卡爾維諾的「巴黎隱士」想到這邊來的！

卡爾維諾是世界公認、二十世紀最具創意的小說家之一。他對童話也有相當貢獻，整理、改寫過一系列《義大利童話集》。

林世仁可能喜歡卡爾維諾，也可能曾受卡爾維諾影響，但我關心的不是這些。

我想說的是：林世仁是台灣當代最具創意的童話作家。他產量不多，這點一方面歸因於他「謀定而後動」的性格。另一方面，也讓我們感覺他不汲汲於追求江湖地位的隱士個性。

將初入中年的童話家與世界級文學大師相提並論，不知者或許會認為我誇張了林世仁的成績。但如果對林世仁的作品本身，以及這些作品十幾年來對台灣童話界的影響力有所了解，我相信對林世仁有所期待的，我不是唯一一人。

——收入《魔洞歷險記：林世仁童話》（九歌，二〇〇七年八月）

與科學接枝的童話新果實——《地球彎彎腰：山鷹童話》賞析

一

近幾年台灣童話界有不少新人崛起，山鷹是其中之一。說得更明確點，山鷹是少數具備個人特色的台灣童話新銳之一。

所謂「特色」，很難定義。它有時指文筆，譬如特別華麗、特別幽默等；也有時指專注於某一主題，譬如專寫環保、專寫家庭等。台灣童話作者雖不算少，但有特色者著實不多。

山鷹最大的特色，表現在「科學童話」上——他善於在童話裡夾帶科學知識。最早的童話本來就具有目的性：或寄託教訓、或傳播知識。而科學童話是後者的典型文體。只是無可諱言，科學童話在台灣極其弱勢，從來都不是主流。山鷹的科學童話量多質精，既是傳承，亦有創新。

書名：《地球彎彎腰：山鷹童話》（童話列車七）
作者：山鷹
文類：短篇童話集
出版社：九歌出版社
出版日期：二〇〇九年十月
「童話列車」主編：徐錦成

二

科學童話與科幻童話略有不同。科幻童話雖有科學根據，但更歡迎在科學基礎上天馬行空地想像，愈誇張往往愈有趣。但科學童話必須傳播正確科學知識，因此對情節安排不得不有所節制——它絕對避免傳達因幻想而失真的科學知識。不過科學童話也不能太彰顯其目的性，否則情節為主題而設，很難寫得好看。我的閱讀經驗裡，好的科學童話比起好的科幻童話更少見。

話說回來，科學童話與科幻童話的界線也非涇渭分明。舉例而言，山鷹童話裡有幾篇寫地球。〈地球彎彎腰〉假設地球轉動時不傾斜，造成「全世界一季，不春不秋，不冬也不夏，四季不見了」的後果。這是帶有科幻成分的假設。

另一篇〈生病〉也寫地球，具有多重層次。我初次讀它時，以為「生病」的是貪玩的安安或過重的佳佳，但「地球生病了」這個答案卻在全文三分之二後出現！事實上「地球生病了」這個答案毫不新奇，是再普通不過的常識。山鷹沒將篇名取為〈地球生病〉是高明的一招。若直接取名〈地球生病〉，雖然更能突顯主題，卻難免落入俗套。

三

讀山鷹童話，會讓人思考一個問題：故事若僅為傳達知識而編寫，則一旦吸取了知識，還有必要再讀一遍故事嗎？

山鷹童話表現最好的時候，常令人忘記它的科學性。同樣寫地球的，還有一篇〈四季〉。這篇童話並未在科學上追根究柢，反因引用古典詩詞而充滿詩意，足可證明好看的科學童話必然也是好童話。

另一篇〈遠遠與近近〉，我猜想它的靈感源頭來自望遠鏡（遠視）與顯微鏡（近視）這樣的日常生活經驗。不過山鷹卻把這個常識「哲學化」了。我們讀該篇，讀到的是「尺有所長，寸有所短」的人生哲理。關於焦距的科學知識，僅見兩三筆的輕描淡寫而已。我相信也唯有這樣寫，才使得山鷹童話變得雋永耐讀。

四

除了古典詩詞，山鷹也常自神話取材——包括中、西方神話。這一類童話，未必符合科學童話的樣式，卻是山鷹童話的另一成就。譬如〈大霹靂以後的一次爭吵〉與〈星空動物園〉，山鷹所展現出的天文素養既是科學的、也是神話的。是不是科學童話已變得不重要。

這樣說起來，山鷹童話迷人之處，便不在於童話中的科學知識了。的確如此！譬如〈橘子花〉，通篇運用到的科學知識不過是簡單一句話：「把發聲到聽到回音的時間除以二，再乘上聲音的速度，就是距離了。」但令讀者掛心的，絕不會是這一則知識，而是「橘子花」究竟是什麼？

翻山猴收到的橘子，是每個人各捐一瓣組成的「合成橘子」，但這畢竟不是「橘子花」。答案直到最後一刻才揭曉：「翻山猴抽抽噎噎哭了起來，手一鬆，橘子一瓣一瓣裂開，像一朵橘子花，在心裡越開越大，越開越大……」這樣的「橘子花」終究還是文學的，而非科學的。

五

與科學接枝，結出台灣童話的新果實——這是山鷹這幾年已然呈現的意義。這樣的童話能否引領一股風潮？值得持續關注。

至於山鷹本人日後的發展，就不僅令人關注，而是教人期待了！

——二〇〇九年十月二十五日《更生日報副刊》

——收入《地球彎彎腰：山鷹童話》（九歌，二〇〇九年十月）

童話新樂園——《山豬小隻：楊隆吉童話》賞析

一

中國宋朝有個偉大的人物叫岳飛，是許多運動員的偶像，因為他曾經連奪十二道金牌，奪金紀錄很難超越，史稱「岳飛障礙」。岳飛之所以能得到這麼多金牌，都是秦檜的關係。

當代台灣有個名叫楊隆吉的童話作家，作品風靡無數讀者，曾在多項文學比賽中得獎，累積獎牌超過十二道，可惜不全是金牌。楊隆吉之所以能屢獲肯定，則是勤快的緣故。

——以上的笑話或許有點冷，但應該很像楊隆吉的風格：有諧音、有典故（不見得是百分之百正確的典故），也有點無厘頭的幽默。

書名：《山豬小隻：楊隆吉童話》（童話列車八）
作者：楊隆吉
文類：短篇童話集
出版社：九歌出版社
出版日期：二〇一〇年六月
「童話列車」主編：徐錦成

楊隆吉的確很勤快。我曾主編九歌版《年度童話選》三年（二〇〇三—二〇〇五），在那三年間，楊隆吉穩居台灣童話作家發表篇數的榜首。我也相信，近幾年楊隆吉的作品發表量依然名列前茅。

勤快是表象，說明楊隆吉對創作具有強大熱情。更該注意的是：大量作品證明楊隆吉的靈感泉湧不絕。一位作家寫不出稿，往往不是懶，而是沒有點子。看著楊隆吉不斷發表新作，不能不佩服他的創意眾多。

不過，寫作的勤快並未等量反映在楊隆吉的作品出版上。這本《山豬小隻：楊隆吉童話》是楊隆吉的第二本童話集，距離上一本《愛的穀粒》已有整整五年了。

二

九歌《年度童話選》的編選方式，是一位大人搭配兩到三位學童共同主編。我觀察得知，楊隆吉的童話在小主編之間口碑極佳。

小主編胡靖曾如此讚譽楊隆吉的〈π狼來了〉：「我一向喜歡楊隆吉叔叔的作品，不但創意或大綱等各種條件都幾乎找不到缺點。這一篇童話就像楊隆吉叔叔其他童話一樣，而且又有一個完美的結局，實在難以挑剔。」（《九十三年童話選》，頁二〇五）我無法忘記胡靖談論楊隆吉時的神采飛揚，那是孩童走進一座主題遊樂園時才會有的興奮模樣。楊隆吉每篇童話都是一項遊樂設施；而一部楊隆吉童話集，就是一座童話主題遊樂園。

楊隆吉童話充滿趣味，這不在話下。但楊隆吉喜歡用典，卻又能讓小朋友接受，這點就難得了。讀者有一種心理，會因為自己看得懂作者的用典而喜歡作者——因為肯定作者的同時，也肯定了自己！如果讀者不懂典故，就無法有共鳴。我無意冒犯小讀者，但卻不得不說，小讀者的閱讀經驗通常較為不足；但楊隆吉懂得使用小朋友能接受的典故，並巧妙地顛覆，讓小讀者享受「看懂作者顛覆典故」的閱讀滿足感，無怪乎受到喜愛。

三

楊隆吉是二十一世紀的台灣童話家——這是簡單的事實陳述，也是楊隆吉極為恰當的文學史定位。

就時間而言，楊隆吉的狂歡與無厘頭，與上個世紀的台灣童話截然不同。黃秋芳有個理論，說台灣兒童文學已從「教育性」、「文學性」、「兒童性」一路發展到現今的「遊戲性」。我認為楊隆吉是「遊戲性童話」的代表性作家。他童話中濃重的遊戲性質是其他童話家——尤其前輩童話家——望塵莫及的。

就空間而言，楊隆吉的童話充滿台味。他喜歡用台語諧音來開玩笑（如「π狼」即是台語的「壞人」），也常使用台灣的意象（如「貢丸村」）。最經典的例子是〈虎姑婆的夢婆橋〉，「安徒生」被改成「安徒神」，竟把安徒生「本土化」了。向安徒生致敬的童話我們見多了，但沒見過這種創意！

所以，楊隆吉既是屬於二十一世紀的童話作家，也是屬於台灣的童話作家。

四

楊隆吉的瞎掰胡扯，也常令人想起相聲——當然，是單口相聲。相聲是一個個的「包袱」（笑點）所組成。包袱抖得多、抖得妙，相聲就好笑。楊隆吉的長童話通常比短童話更有趣，原因大概就是長童話有較多的包袱可抖，而短童話較少吧！

回到遊樂園的譬喻，我們也可把楊隆吉篇幅較短的童話看作功能單純的遊樂設施。就說旋轉木馬吧！它雖然不如鬼屋、雲霄飛車那樣驚險刺激，但另有一份自得其樂的悠閒。這一點，是我特別想提醒讀者留意的。

無論如何，一座新的楊氏童話主題樂園已經落成。我相信，所有進來一遊的讀者都會覺得不需此行——喔，不好意思打錯字了，是「不虛此行」才對！

——二〇一〇年五月二十三日《更生日報四方文學週刊》第八七五期

——收入《山豬小隻：楊隆吉童話》（九歌，二〇一〇年六月十日）

不只是魔法——《收集笑臉的朵朵：周姚萍童話》賞析

一

童話需要魔法，這是常識。有經驗的童話作者，不會忘記在作品中安排魔法上場，滿足讀者的期待。但同樣的，有足夠閱讀經驗的讀者也會注意一點：作者是不是認定童話裡不可缺少魔法，以致於「為魔法而魔法」？

讀周姚萍的童話，很難不注意到裡面的魔法。這本《收集笑臉的朵朵：周姚萍童話》是她全新的近作結集，書中多半的故事是因魔法而衍生的。而如果我們把「魔法」的定義擴大，解釋成「超乎尋常的能力」，則這本書也不妨視為魔法童話的示範與反思。

書名：《收集笑臉的朵朵：周姚萍童話》（童話列車九）
作者：周姚萍
文類：短篇童話集
出版社：九歌出版社
出版日期：二〇一一年一月
「童話列車」主編：徐錦成

二

「為何角色會有魔法、會有超乎尋常的能力？」這是個好問題，但周姚萍很少在這點花筆墨。在〈小魔女淘淘和淘淘雲〉裡，「淘淘的外婆常來看她，有時也將淘淘接回魔法國住，因此，淘淘從外婆那兒，學會許多魔法。」如此而已！

「如何學會魔法」不是周姚萍關心的；她更有興趣的，是角色「如何學會正確使用魔法」、「如何把超乎尋常的能力用到最適當的地方」的學習過程。而「學會正確使用魔法」，往往比「學會魔法」更困難。

在〈最黑的地方〉這篇，「星星家有個傳統，小星星要長成大星星時，必須經歷『成年禮』，也就是到地上找一個最黑暗的地方，溫暖那兒、照亮那兒。」「成年禮」是個很好的比喻。亮亮具備發光發亮的能力（這項能力可算廣義的魔法），但找到適合發揮的場所，是他必經的成長過程。

〈螺旋槳小鬼與流浪狗〉裡，歐弟要讓頭上的螺旋槳消失必須先「學會幫助別人」，也是同樣的設計。螺旋槳消失，「才算長大，並擁有更高的飛行能力」。

三

「知道該把能力用在哪裡」並不容易。巫婆塔塔雖然擁有「騎掃把在空中飛這項『很酷的能力』」，但要轉過幾次行，才能找到自己的定位。

「剪刀手達達」也不是一開始就知道該當美髮師。別忘了，他的剪刀技藝對有些人來說曾經「不只是『壞毛病』，不只是『可恨的毛病』，還是『禍國殃民的毛病』！」

再說那位總是努力吐絲織網的「不上不下蜘蛛先生」，更是經過一番曲折，終於肯定了自己。

這些角色都經過了修鍊的過程，才懂得自身能力（魔法）的價值與用途。而有時候，擅用魔法的人甚至要懂得不用。〈收集笑臉的朵朵〉這篇裡，朵朵本來是所有白雲裡最擅長變身術的，但在變身大賽中寧可不要拿冠軍，只為「收集了一個小女孩的笑臉，放在心上，好暖。」讀者不會懷疑的一點是：寧可不用魔法的朵朵，法力已高強到無須冠軍獎盃來證明了！

四

周姚萍擅寫魔法，但她寫魔法有時也出人意表，不「為魔法而魔法」，一如寧可不用變身術的朵朵。

在〈小魔女淘淘和淘淘雲〉這篇，淘淘起初並不知道魔法何時該用、何時不該用。「四周靜悄悄的，覺得沒趣，便念了咒語，讓自己和同學所坐的桌椅，緩緩飛上空中，引得老師和其他同學發出驚叫。」、「覺得溜滑梯溜膩了，盪秋千盪煩了，開始想淘氣，於是使起魔法，讓枝頭盛開的花朵一起左邊點點頭，右邊點點頭，再前前後後點點頭，惹得大人小孩訝異極了。」、「跟媽媽去逛百貨公司時，媽媽逛得很開心，淘淘卻覺得無聊，乾脆使起魔法，讓衣服、褲子跳出模特兒的身軀，跟著她在走道上遊行……」這些都是因她淘氣造成的災難。

有經驗的讀者應該會想：接下來必然會寫淘淘因某件事受到教訓，最後才懂得該把魔法用在該用之處。誰知周姚萍並未如此處理。她祭出一朵淘淘雲，讓它製造更大的災難，而這個災難連淘淘也看不下去，「氣得對著淘淘雲大喊：『淘淘雲，你實在是太淘氣了！』」對照媽媽罵淘淘的話（「淘淘，你實在太淘氣了！」），巧妙造成「有其母必有其女」的遺傳趣味。

至於小淘淘有沒有學到教訓？作者不想交代，而讀者竟也不在意了，只覺得小淘淘真是可愛！如此寫法，實在有別於傳統的童話。

這點小小的顛覆，令人備感溫馨。不必懷疑，這正是周姚萍童話的魔法！

——二〇一一年一月二日《更生日報四方文學週刊》第九〇七期

——收入《收集笑臉的朵朵：周姚萍童話》（九歌，二〇一一年一月）

那些生活中毫不起眼的優雅
──《月光溫泉：亞平童話》賞析

一

春日午後，看完亞平的童話稿件，我悄然掩卷，明知出版社編輯等著我交一篇短評，但我毫無提筆的意願。心想著：我不如上頂樓陽台，看看我一向疏於照料的幾盆花草，或許會在某一盆蘭花裡發現一隻小瓢蟲隱身其中，我亦不妨想像一下牠的旅程，如何而來？往哪裡去？這樣，我或有機會寫出一篇「亞平童話」。──我私心以為，亞平可能更希望讀者讀完她的童話有這樣的反應，而非急著想寫一篇論述。

二

我向來喜歡揣測創作者的靈感來源。我猜想，亞平必是個懂得享受日常生活的人，她善於從生活中毫不起眼的細節去發想童話。

生活是什麼？對大多數的現代人來說，那是一連串忙著應付的瑣事，能應付過

書名：《月光溫泉：亞平童話》（童話列車十）
作者：亞平
文類：短篇童話集
出版社：九歌出版社
出版日期：二〇一三年七月
「童話列車」主編：徐錦成

去就不錯了，誰有閒情逸致停下腳步欣賞。但亞平的童話在在提醒我們，美就存在於生活中毫不起眼之處。如同那顆小露珠所說：「我是顆漂亮的露珠，我要待在芋葉上，等待欣賞的人來。有眼光的人，會為我的美所吸引，如果能等到他的一句讚嘆，那我這一生就值得了！」（〈芋葉上的小露珠〉）懂得欣賞生活的人，看到的是更美麗一點的小世界、過的是更閒適一些的小日子。

欣賞生活的方法具體來說是什麼？亞平在多篇童話中提示了：要打開五官、發揮五感，去看、去聽、去嗅、去嚐、去觸摸、去感受。

仔細觀察過小葉子嗎？（我們是否都只注意美豔的花朵呢？）聽過軟風兒鑽過小葉子身上毛毛蟲所咬的破洞的聲音嗎？（〈小葉子〉）

鬼針草說：「下午三點鐘的陽光最醇最美。」你發現這個祕密了嗎？（〈鬼針草〉）

專注聆聽過夏日蟬聲嗎？會不會只把它當作生活中的背景音樂，等到夏天過去才赫然發現蟬聲已遍尋不著了呢？（〈蟬與夏天〉）

分辨得出各種香簾的不同氣味嗎？（〈賣香簾〉）

嚐過不同口味的三明治之後，曾想像過一種屬於你自己的三明治嗎？（〈雪藏三明治〉）

晒過月亮嗎？——銀白的月光，輕柔舒緩，灑在身上癢絲絲的；溶進身體裡又冰涼涼的，完全不用擔心晒太久會晒黑晒醜或晒傷。（〈晒月亮〉）

讀得出石碑上青苔所寫的詩句嗎？（〈苔點字〉）

……

無庸置疑，台灣童話家中，讀之令人五感大開者，亞平名列前矛。

三

亞平是詩人，她寫的童話帶有詩的氣質。若不是詩人，我難以想像能寫出〈芭蕉詩句〉這樣的童話。在詩人亞平眼中，不只芭蕉爺爺寫詩，連夜鶯、瓢蟲、金龜、蝴蝶、蜜蜂……都是詩人。

亞平的詩並不總是分行排列的、一眼即知的（譬如芭蕉爺爺膾炙人口的力作〈月光〉），而是經常自然地藏在文章之中，但喜歡詩的讀者應該很容易發現。例如：

風來了，風聲不是窸窸窣窣，而是吟哦有致的讀詩聲。

雨來了，雨聲不是淅瀝淅瀝，而是清脆悅耳的唸詩聲。（〈芭蕉詩句〉）

它雖然是「散文式」的排列，但讀者不難聯想到「對仗」這個寫詩常見的技巧。又譬如：

初雪，總是不按牌理出牌。（〈雪藏三明治〉）

這句話置於任何吟詠初雪的詩句中都不會顯得遜色！若不信，不妨這樣再讀一次：

初雪
總是不按牌理出牌

又如〈誰來挑戰邋鞦韆？〉的開頭：

秋天的陽光，像顆夾心糖，外表酥脆，內在柔軟，輕輕一咬，還流出虹似的光芒。趁著北風還沒來肆虐，許多小動物都出來曬曬暖。曬曬暖，曬曬心，大家說，曬暖了秋陽，冬天即使再下十場雪，心都還暖著呢！

這一整段文字，根本就是一首散文詩。

在〈月芽香〉的最末，一位「晚睡的詩人關窗時驚奇的探頭說」：「今晚的夜色真美，還有股淡淡的花香哩！」在星星、浮雲、風兒、螢火蟲、貓頭鷹、小兔子之後，為何出場作結的是一位「詩人」，而不是其他腳色？並非偶然，而是必然！

四

生活是一連串中毫不起眼的瑣事，但因為張開了五感、因為詩，而成為一篇篇優雅的童話。亞平童話沒有喧囂與激動，但宛如一杯清香回甘的熱茶，這一味，不僅是生活中不可或缺的，也是台灣童話界不可或缺的。

——二〇一三年五月十九日《更生日報四方文學週刊》第一〇二九期

——收入《月光溫泉：亞平童話》（九歌，二〇一三年七月）

變色龍、狗仔隊與學者

——《童話狗仔隊：林哲璋童話》賞析

一

變色龍與狗仔隊都是林哲璋寫過的童話角色，兩者恰巧都能彰顯林哲璋的特性。這兩者的形象都有點負面，但我拿來比擬林哲璋，絕對沒有挖苦的意思。

先說變色龍。林哲璋不僅寫童話，也寫兒童詩、少兒小說及歷史故事，台灣兒童文學界能寫多種文類的寫手並不罕見，但林哲璋寫什麼像什麼，仍該記上一筆。他能寫各種文類，應和他從事研究有關（所以他也能寫學術論文！），他對於台灣童話、兒童詩、少兒小說的歷史與現況有所掌握，因而能寫出中規中矩的作品。更難得的是他常有創新，這就又證明他確實是個作家——有學術底子的作家！

在〈白目變色龍〉的結尾，變色龍領悟：「應該善用舌頭——用智慧善用舌頭！」作家運筆用字，一如舌頭言說，林哲璋無疑是隻「用智慧善用舌頭」的變色龍。

書名：《童話狗仔隊：林哲璋童話》（童話列車十一）
作者：林哲璋
文類：短篇童話集
出版社：九歌出版社
出版日期：二〇一四年四月
「童話列車」主編：徐錦成

二

再說狗仔隊，容我先引用〈童話狗仔隊〉的開頭來說明：

世界上有許多童話，只寫到「王子與公主從此過著幸福快樂的日子」就沒下文了……然而，事實真是如此嗎？

身為「童話狗仔隊」，本記者有義務為大眾深入報導童話故事的後續發展，秉持著「打破沙鍋」、「守株待兔」以及「畫蛇添足」、「加油添醋」的精神，為「從前的小朋友」和「未來的成年人」扒出——喔！不！——是「發掘」事實的真相。

「事實真是如此嗎？」這句話在此是記者自問，但其實更是學者的口頭禪。而我們都知道：童話有趣之處在於天馬行空的想像，哪來的「真相」可言？何況這位記者不是名門正派，而是狗仔隊！狗仔隊的角色設計是本篇之眼，頗能反映時事。我稍覺不安的是，林哲璋筆下的狗仔隊心存善念，與現實差距太大。話說回來，也只有在童話裡，狗仔隊才會如此可愛。

至於「打破沙鍋」、「守株待兔」、「畫蛇添足」、「加油添醋」等成語的堆砌，既道盡狗仔隊記者的心態，也讓人對林哲璋愛「掉書袋」的學者習慣印象深刻。

台灣童話界另一個喜歡引用成語的作家是楊隆吉，但他總是借成語來胡扯瞎掰，十足無厘頭。林哲璋則是習慣性的掉書袋（或許他希望讀者順便學到一句成語），只偶爾「故意用錯」來博君一笑。不過，若從「顛覆經典」這點來看，林哲璋跟楊隆吉可說有志一同。擴大來說，「顛覆」、「改寫」是這個世代的童話特色，林哲璋當然在列。

三

林哲璋曾獲「九歌一〇〇年度童話獎」，該屆的年度主編傅林統讚賞林哲璋致力於創作零歲到八十八歲都能讀的「長壽童話」。這是精確的觀察，也突顯了林哲璋童話的某一面向。延續前文，林哲璋之所以創作「長壽童話」，奠基在他的學術信仰上——他相信兒童文學的讀者群涵蓋各年齡，包括「從前的小朋友」和「未來的成年人」。

在編選本書的過程中，我見識到林哲璋作品的廣度。有些童話家的童話僅適合某一年齡層（往往是小學中、高年級），但林哲璋的童話不是這樣。面對這樣的作品，選擇變得困難。「長壽童話」預期的讀者是零歲到八十八歲，但每個讀者都有特定年齡，誰的歲數是「零歲到八十八歲」呢？這一點，我相信林哲璋及所有企圖創作「長壽童話」的作者都曾反覆思考。

無論如何，這本選集是妥協的結果。未入選的作品，有的太短太直接，像寓言；有的又短又美，像首「散文詩」；也有的「說理味」稍重（「以童話來說理」並無不可，我認為「以童話來說理」也是林哲璋的特色之一）。林哲璋的創作面向很廣，本書無法盡納，但讀者不難找到他的其他作品。

林哲璋既創作又研究，這樣的作者，很適合拿來當作觀察現今台灣兒童文學發展的座標。他還年輕，路還很長，這本書將來只是他的「前期作品」而已。變色龍、狗仔隊與學者是目前林哲璋的幾種形象，但他日後還可能變身，身為讀者的我們不妨「走著瞧」吧！

——二〇一四年四月二十日《更生日報四方文學週刊》第一〇七六期

——收入《童話狗仔隊：林哲璋童話》（九歌，二〇一四年四月）

這次，我們看著床母娘長大

——《床母娘珠珠：黃秋芳童話》賞析

一

如果我說：

「《床母娘珠珠：黃秋芳童話》是一本以愛寫成的童話集。書中的床母娘以愛陪伴孩子成長，讀者在閱讀過程中也跟著受到愛的洗禮。小讀者從中了解自己是如何長大的，而大讀者亦無法迴避回想自己的童年成長經驗，終究發現：原來，我們都是在眾人（及眾神）的愛中長大的！」

——如果我這樣說，我將不會是一個稱職的文學評論者，因為那不是評論的語言。我並不習慣說那樣的話，但這本書確實讓我想那樣說，而事實上，我也已經說了！這無疑是本書的魔力，讓我忍不住說出口。

書名：《床母娘珠珠：黃秋芳童話》（童話列車十二）
作者：黃秋芳
文類：短篇童話集
出版社：九歌出版社
出版日期：二〇一五年六月
「童話列車」主編：徐錦成

二

床母娘是兒童的守護神，以床母娘作為童話的主角，是既簡單又聰明的招式。說它「簡單」並無貶意，否則後面不會加上「聰明」。床母娘以照顧孩童為己任，我想不出有哪個角色比她更應該、更適合成為童話人物。奇怪的反而是：少見以床母娘為主角的童話。

數不清已有多少年了，兒童文學界一直對「我們的孩子是讀外國童話長大的」極為詬病。但無可諱言，外國翻譯來的童話廣受歡迎，國人的創作也難免受到外國童話的影響。包括顛覆性的書寫，台灣童話家改寫過無數次、無數篇外國的經典童話，不知不覺中，外國童話成為我們的傳統。偶爾我們見到有人寫土地公的新故事，便會覺得興奮、覺得「寫自己的童話」有希望。然而許多年過去了，本土童話還是少之又少。從這個觀點看，《床母娘珠珠：黃秋芳童話》是深具意義的。

但為何植根於傳統與本土的童話那麼少呢？我只能猜想，或許到了我們這一代，傳統也必須經過專業性的學習吧！黃秋芳是中文系出身，可能因此對於民俗有所涉獵。例如「壽金」、「刈金」、「銀紙」……等各式紙錢的區別，大多數的人都不清楚，黃秋芳雖點到為止（其實不妨多寫一點），但已與其他童話家的取徑明顯不同。附帶一提：現代人講究環保，連進廟裡都愈來愈少燒香了，哪還會想要認識各種紙錢？隨著「時代進步」，遲早這些傳統都只能在故紙堆（或雲端硬碟）裡尋找。

而本書也掉了一些中文系的書袋，如「桃花扇」、「長聲電（長生殿）」、「母擔停（牡丹亭）」等設定，既陌生又熟悉，讓童話增添不少與傳統對話的優雅氣息。

三

以床母娘作為主角，亦使得這一系列童話有了多重的對照。珠珠剛出場時，自己也是生手——甚至是個不及格的生手，照顧曾寶貝成長的同時，她自己也需要成長。珠珠看著曾寶貝長大，我們讀者則看著珠珠長大；而看著珠珠成長的同時，我們自己也學到不少。

兒童文學最忌說教，但主角若是床母娘，說教就變得極為自然了。例如這一段：

> 挫折和磨難，真的會讓人長大。只可惜，大部分的爸爸、媽媽，都捨不得讓孩子冒險吃苦。床母們只好在爸爸、媽媽睡覺時，鑽進他們的夢裡，提醒他

們，孩子在學習、模仿的過程中，一定要捨得放手，讓他們吃一點苦頭，才能訓練他們，不斷摸索、前進。

這段文字若單獨看，很像是從「親子教育手冊」裡摘錄的片段，但它卻恰如其分地鑲嵌在床母娘的童話裡。它僅僅是珠珠的自言自語嗎？小讀者讀到這裡，會不會更領悟床母娘——或該說是爸爸、媽媽——的愛呢？而大讀者讀到這裡，除了反省上一代如何教養自己之外，會不會也思考起如何教養下一代呢？

依我看，《床母娘珠珠：黃秋芳童話》雖不是親子教養手冊，卻好過任何一本親子教養手冊！簡單一句「懂得自己解決問題，這就是學習的意義。」已勝過千言萬語。

四

這本書雖已完成，但它應只是床母娘珠珠的首部曲，是一個暫時的結集。以目前的規模而論，說它是「傑作」尚可，離「經典」還有一大段距離。幸運的是，它是系列的形式，可以持續發展。

依現有的根基寫下去，它有機會成為當代的《封神榜》或《西遊記》。若站在兒童文學的立場，這本書的價值更大，因為它是為兒童而寫的，不像《封神榜》、《西遊記》，必須改寫過才適合兒童閱讀。黃秋芳若不接著寫，等於手握如意桃木劍卻不施展，白白糟蹋了上天的禮物。

曾寶貝老年時，手裡還捧著一本「厚厚的書」，這隱含黃秋芳對於小讀者的期許，她希望她的讀者終身保持閱讀的習慣。請注意，那是一本「厚厚的書」，不是現在這本薄薄的《床母娘珠珠：黃秋芳童話》。床母娘總也不老，可說的故事還很多，我們大家就等著瞧吧！

——二〇一五年七月五日《更生日報四方文學週刊》第一一三八期

——收入《床母娘珠珠：黃秋芳童話》（九歌，二〇一五年六月）

輯二

華文兒童文學

彩繪文字，意象海洋

——評侯維玲《彩繪玻璃海洋》

《彩繪玻璃海洋》共收錄新人侯維玲的三篇小說，雛鳳清啼，令人欣喜。

做為書名的第一篇〈彩繪玻璃海洋〉雖曾獲散文獎，卻是不折不扣的小說，只不過使用第一人稱的敘事方式罷了。它的得獎也突顯出「兒童散文」這個文類的尷尬與曖昧——小朋友最愛聽故事了，寫散文，不論抒情或說理，都不如來段故事有吸引力。但這篇故事能獲散文獎絕非僥倖，它的文字太美了，描物寫景，皆有可觀。許多兒童文學的創作者喜說（或慣用）明白曉暢的「淺語」，這當然也是一種風格，但從者既夥，未免千人一面。相形之下，侯維玲華麗典雅的文字便益發可貴。

作者尤其善用比喻的手法（這是一項深受兒童歡迎的寫作技巧）：「大部分的枝椏都光禿禿的，像一把把扎著天空的黑色掃帚」（頁十四）、「我和媽媽穿著厚外套，裹著大圍巾，像兩截會走路的大、小煙囪」（頁十五），像這樣的佳句在文中俯拾皆是，彷彿灑滿遍地的珍珠、琉璃，璀璨的意象一個接一個，教人目不暇

書名：《彩繪玻璃海洋》
作者：侯維玲
文類：短篇少年小說集
出版社：小魯文化事業股份有限公司
出版日期：一九九九年九月

給。光是品味作者的遣詞用字，便是一種享受。可以斷言，作者的文字能力，必是她日後持續寫作最大的本錢。

第二篇〈媽媽的座頭鯨〉一開頭便預告了媽媽的死期，因而沉重的氣氛貫徹通篇，讀來並不愉快。作者在這篇中偶爾流露出的「眾生有情」的悲憫情懷，也頗讓人動容。但可惜的是結尾太弱，草草交代了媽媽的去世作結（只用了三行字），作者應對小緬的心理變化再加描述，不應惜墨。

第三篇〈來自法拉盛的十七封信〉是篇幅最長的一篇，就字數與結構而言已近中篇。但它要講的東西其實不多，甚至可說是三篇之中劇情最薄、張力最弱的一篇。故事發生在紐約，作者花了相當的力氣在為讀者做紙上導遊：博物館、美術館、歌劇院、蘇活區、地下鐵……全都出籠了，雖說這些場景的出現毫不突兀，但作者可能沒想到，風景的鏡頭一多，劇情的發展自然就停滯了。這篇小說其實不用寫到十七封信，其中幾封若能合併或濃縮，節奏會更緊湊。

總的來說，這本小說集雖是作者啼聲初試，但潛力已展露無遺。而這三篇作品的背景都設在美國，先不管這究竟是巧合或是有意，至少在選材上有跡可尋。新人的第一本書常是七拼八湊、面貌模糊，侯維玲這本書不但水準整齊，也呈現出獨特而統一的風格，令人對她充滿期待。

少年小說的里程碑——林鍾隆《阿輝的心》

一、古典小說

一九六四年林鍾隆寫下《阿輝的心》時，一定沒想過，三十幾年後（才三十幾年！），這本書已成為一部「古典小說」。

是的！古典小說！而這個名詞在任何時候使用都絕無貶意！查查《辭海》，「古典」兩字的定義是這樣的：「超越時代好尚，而自有其不朽價值之著作。」

在台灣現代兒童文學史上，《阿輝的心》是絕對不可忽視的一座少年小說里程碑。坦白從寬：餘生也晚，比《阿輝的心》這本書還年輕幾歲。我必須承認，我和這本書的內容、主題、人物、成書背景，乃至於作者本人之間，都有一段相當的距離。我無法像一些年長——如今已年長，但本書初發表的當時年紀可能尚小——的讀者一樣，帶著回憶往事的鄉愁品嚐這本書的濃郁鄉土氣味，但正因為我沒有鄉愁的羈絆，當我被這部「古典小說」的某段、某句，或甚至是某個字詞感動時，那撞擊，似乎反而更直接、更毫不保留。

二、時代記錄

《阿輝的心》當然是一部「劇情片」，但它拍得太好了，編（故事情節的安排）、導（文字描述的技巧）、演（人物的塑造刻畫）俱佳，文字清澈似山泉，結構紮實如地瓜。讀《阿輝的心》，最令人難忘的，當推小說中一個個栩栩如生的角色。作者幾乎寫活了每個人物。每個配角（即使是只出現一、兩次的小角色）都恰如其分自不待言，主人翁阿輝更是集所有美德之大成：樂觀、聰明、堅強、勤勞、勇敢、孝順又充滿愛心……。幾近完美的人格形象，卻又有著無比的說服力，這在文學史上絕不多見！

整部小說就像一本眾生的寫真集，作者不僅為歷史留下了藝術，也替時代留下了記錄。

記錄？是的！當一個時代過去了，這樣的好片自然而然又多了一個「紀錄片」

書名：《阿輝的心》
作者：林鍾隆
插畫：廖未林
文類：長篇少年小說
出版社：小學生雜誌社
出版日期：一九六五年十二月

的身分。

這是一部時代采風的記錄片，看這部小說，除了可以讀到一個精彩動人的故事外，我們也順道學習（或復習）了這本書所描繪的時空下的人文風情、地理風土、社會風俗及自然風貌……，一舉數得，閱讀報酬率不可謂不高。文學作品往往借力於其他學科（如社會學、地理學、生物學……），但只有傑出的文學作品才能成功呈現其他學科的知識，甚至成為其他學科所無法忽略的參考資料。羅蘭・巴特（Roland Barthes）評《魯賓遜漂流記》時，用的即是這樣的觀點——而這也是我之所以稱《阿輝的心》為「古典小說」的原因之一。

最簡單地說：《阿輝的心》寫的是一個時代（六〇年代）、一個地方（台灣農村）、一群人（以主角——小學生阿輝為中心）的悲歡離合故事。悲歡離合的故事還會少嗎？但留得下來的，卻真不多。透過作者的生花妙筆，在閱讀的過程中，我們彷彿得以回到那個時代，貼身地親近那些天地人，親眼目睹他們在打窯子烤番薯、池塘裡趕鴨子，親耳聞見他們或溫暖、或刻薄、或練達的言語應對。

穿透時空距離而能感動人心，毋庸置疑，那便是藝術的力量。

書名：《阿輝的心》
作者：林鍾隆
插畫：廖末林
文類：長篇少年小說
出版社：滿天星兒童詩刊社
出版日期：一九八九年八月再版

三、出版傳奇

最後必須一提，《阿輝的心》在一九六五年由「小學生雜誌社」初版後，雖然立刻受到廣大讀者的喜愛，但出版商卻遲遲未再版；直到一九八九年八月，才改由「滿天星詩刊社」重印新版；一九九一年八月，又有「台灣省兒童文學協會」根據「滿天星詩刊社」的版本影印再版，但印量並不大，市面上要找到並不容易。以台灣出版業之蓬勃，這本好書多年來未能受到出版家的青睞與照顧，毋寧是一件既奇怪又令人遺憾的事。

所幸，在一九九九年，「富春文化事業股份有限公司」又推出最新版本，不僅重新電腦排版，印刷也相當考究。唯一美中不足之處，就是取消了原本由廖未林精心繪製的插畫，而改由洪義男重繪。廖未林的原畫，曾受到許多名家（如林良、鍾梅音等）的肯定，早已和小說原著共享盛名。洪義男也是名畫家，但他重畫的插圖和廖未林一比，就是少了一股鄉土氣。新書新氣象本是好事，但有些東西若新不如舊，倒不如不改的好。

在新的世紀，舊識此書的讀者當可透過新版書重溫舊夢。而對於新新人類來說，《阿輝的心》的故事背景或許是陌生的（畢竟那是六〇年代的台灣鄉村），但如果他們

書名：《阿輝的心》
作者：林鍾隆
插畫：洪義男
文類：長篇少年小說
出版社：富春文化
出版日期：一九九九年九月三版

有機緣閱讀這本書，就會知道這本書絕對有它歷久彌新的價值。時代環境的變遷，阿輝的故事當然已不可能再發生，但人性是不會「退流行」的——一本好書也是如此。

——二〇〇〇年一月《國文天地月刊》一七六期

護生詩畫集——讀林鍾隆的五本「山之書」

一

豐子愷居士所著的《護生畫集》是家喻戶曉的好書。這本書是豐子愷為了替他師父弘一法師祝壽而創作的，書中所倡導的「護生即護心」的觀念，感動過無數讀者。《護生畫集》是我童年時期最喜愛的一本書，自從讀過這本書後，我一直在尋找其他本像這樣令人感動的書。但尋找多年，並無所獲——直到我讀到林鍾隆先生在「中華兒童叢書」中所寫的五本以「山」為主題的詩畫集為止。

林鍾隆這五本「山之書」，都是配上圖畫的詩集。詩的作者是林鍾隆，但每一本的繪圖者並不相同。它們也並非同時間的著作。最早的一本是《山》，出版於一九九〇年四月；接著是《爬山樂》、《山中的悄悄話》、《山中的故事》；最後一本是

《讀山》，出版於一九九七年十月。我讀到這五本書時，已是二十世紀末。一次讀完這五本，感覺有如醍醐灌頂，不禁擊節讚嘆：這是新時代的《護生畫集》啊！

二

《山》的繪圖者是蔡靜江。這本詩集的圖畫色彩鮮豔，但構圖略嫌保守，四四方方的插圖佔了絕大多數。不過也有例外。譬如第五頁，林鍾隆為了表現爬山層層向上的動感，把詩句作了高低不同的排列，這一頁的插圖，便恰如其分地有了曲折的造型。

這本書中提到山，往往讓「山」一字獨占一行。以文學手法而言，這樣的安排當然更顯現出山的重要與偉大。但如果詩人不是對山有一份特別的敬重，我認為是寫不出這樣的詩句的。

書名：《山》
作者：林鍾隆
文類：童詩集
插畫：蔡靜江
出版社：台灣省政府教育廳
出版時間：一九九〇年四月

三

《爬山樂》的繪圖者是賴馬，他也是一位知名的繪本作者。

《爬山樂》與《山》不同之處，在於它的敘事成分相當濃，而較少單純的抒情之作。全書共收六十一首短詩，彷彿六十一則「爬山小故事」。

且看第三十二、三十三這個跨頁所錄的幾首詩：

在坪林源茂山
一隻果子貍
前腳被捕獸器夾住
把牠放了

在復興鄉牌子山
看見一隻大山豬
掉在陷阱裡

爬山樂

書名：《爬山樂》
作者：林鍾隆
文類：童詩集
插畫：賴馬
出版社：台灣省政府教育廳
出版時間：一九九四年四月

可惜　已經生蟲了

在臺北七星山
十二月的寒冬
居然有一條蛇
蜷成一堆在路上
問臺大博士班的
才知道　冬眠　有例外

在橫山牛欄窩山
看到信鴿和斑鳩被網住
拿出小刀
切斷網目
讓牠們飛回家

在雪山途中

看見白色的烏鴉
　在天空飛翔

這六十一首短詩，在趣味中傳播「護生」、「惜生」乃至「放生」的慈悲觀念於無形，讀來彷彿六十一首佛偈。我曾經朗誦這些詩給小朋友聽，感覺上，像是在稱頌一句句佛號。

四

《山中的悄悄話》的繪圖者也是賴馬。這本詩集收錄了十九首詩，最短的只有一頁，最長的有五頁。但不論長短，這十九首詩都是敘事詩，就這一點而言，與《爬山樂》可謂一致。而林鍾隆一貫的「護生哲學」，也未在本書中缺席。這本書與《爬山樂》較顯著的不同，是每一篇都以一種動物為主角，用牠的角度來寫詩。

例如〈山羊的憂心〉一詩是這樣寫的：

我的同類

書名：《山中的悄悄話》
作者：林鍾隆
文類：童詩集
插畫：賴馬
出版社：台灣省政府教育廳
出版時間：一九九五年四月

在小山中已經絕跡
在高山上　也很少了
我們的族史上
從來沒有過　與人類作對
傷害過人的事
雖然高山上很少人來
我們還得躲躲藏藏
生怕一不小心被不速之客撞見
公羊　要找到母羊
母羊　要找到公羊
來傳宗接代
都很不容易　配對了
為了延續子孫
我們時時刻刻
都活得戰戰兢兢

賴馬的插畫，簡單而有力，畫的是一隻眼中有淚的山羊，思念著另一隻眼中有淚的山羊！

讀此詩、觀此畫，人，能不慚愧嗎？

五

《山中的故事》與其說是詩，毋寧更是一則長篇動物寓言。當然，「寓言詩」是它更準確的定位：它的形式是詩，內容則是寓言故事。因為是寓言，所以插畫者林芬名採用了接近漫畫的手法，色彩十分大膽鮮豔。就我的觀察，五本書的插畫以這本書最受小朋友喜愛。

這本書的主角是一隻狐狸與一隻兔子。他們是山中僅存的動物，相濡以沫，面對共同的敵人：人類（獵人）。

這是一本奇書，任何人讀這本書，恐怕心情都不好過。愈同情狐狸與兔子，就愈憎恨人類。當狐狸與兔子終於成功逃到另一座山，遠離危險的人類時，我們打心底生出歡喜。但該反省的恰恰是：究竟狐狸與兔子在逃什麼？不是別的，就是缺乏慈悲心、同理心的你我啊！

書名：《山中的故事》
作者：林鍾隆
文類：童詩集
插畫：林芬名
出版社：台灣省政府教育廳
出版時間：一九九六年四月

六

《讀山》的圖畫比較特殊，包括繪圖與攝影。繪圖者是章毓倩，攝影者則是柯明雄。兩種不同媒材的「圖畫」兜在一起，但沒有絲毫不協調之處，反而時時互補，是相當罕見且成功的嘗試。

林鍾隆在本書之前有一段類似「序言」的短文，裡面說到：

> 登山，已有二十年了。每多登一次山，就多一次覺得山的可愛。……山的感情，其實也是人應有的感情；知道山的感情，我們會更知道山的可愛，我們也會變得更為可愛。

從這段話裡，我們不難窺見林鍾隆寫作五本「山之書」的心路歷程。

這本詩集裡有一首〈山什麼都知道〉，讀來十分令人哀痛：

書名：《讀山》
作者：林鍾隆
文類：童詩集
插畫：章毓倩
攝影：柯明雄
出版社：台灣省教育廳
出版時間：一九九七年十月

有多少　被砍去
山
永遠不會忘記
痛
無止盡的在心裡
表土　流失多少
山
也記得很清楚
傷口
永遠　停留在心裡
山
傷痛　不會恨
只是擔心
只是憂慮
沒有盡保護責任的良民
有一天當災害發生時

會多麼悽慘、痛苦
山
只是嘆息
只是憐憫

這本書出版不到兩年，台灣便發生移山倒海、令無數人家破人亡的「九二一大地震」。大地反撲，歸根究柢，全是因為人們不知與同類「無緣大慈」、也不懂得與萬物「同體大悲」咎由自取的啊！而這首詩——乃至於這五本書——遂從一則「寓言」，演變成一則「預言」。

七

林鍾隆對山的敬重，不僅是對人的敬重，也是對世間萬物的敬重。從《山》到《讀山》，林鍾隆這五本「山之書」，處處顯露著濃洌的「護生」、「惜生」乃至「放生」的觀念；對大自然的感恩心，更是躍然紙上。我不知道林鍾隆是否為佛教徒？是否有宗教信仰？但以文學論文學，我認為這五本書是堪與豐子愷的《護生畫集》相提並論的好書。

人間年年在變，世人對萬物不慈悲久矣。如果人類能對其他生靈存留一些同情，並由此出發，養成善良、寬容、慈愛的心靈，那麼「人間淨土」將不在遠方！

隨著「台灣省教育廳兒童讀物編輯小組」的裁撤，包括這五本書在內的一大批優良讀物眼看就要面臨絕版的命運，但這樣的書，是世世代代都需要的、也都會喜愛的。毫無疑問，我們應設法讓這樣的好書再版。

這樣的書，如果不能流傳人間，連山都會哭泣啊！

——入選「兒童讀物編輯小組徵文」

——收入《我們的記憶・我們的歷史》（台東大學兒童文學研究所，二〇〇三年十一月）

評介嚴友梅《小番鴨——佳佳》

《小番鴨——佳佳》的作者嚴友梅女士是台灣兒童文學界的重要作家之一，她不但在童話、小說、兒童（電視）劇的創作上成績卓著，對國外兒童文學的翻譯亦不遺餘力。「國語日報社」早年曾經刊行許多國外的兒童文學名作，其中便有好幾本出自嚴女士的譯筆。

嚴女士的第一本書《無聲的琴》出版於一九五六年，其後創作不綴，幾乎年年都有新作。《小番鴨——佳佳》出版於一九八〇年，已算是嚴女士較晚期的作品。長期創作經驗的累積，在寫作技巧上，《小番鴨——佳佳》堪稱爐火純青而無愧。

然而，技術上的成熟並不足以使這本書成為傑作，這本書最動人之處，乃在全書處處流露的愛護動物的悲憫胸懷。正如嚴女士在這本書的「代序」〈小動物上臺〉中所言：「我寫童話原是為了給兒童快樂，培養『真善美的情趣』，並且注入基督精神——愛。」這個天人合一的大愛思想貫穿全書，最後以佳佳告訴牠的小鴨

書名：《小番鴨—佳佳》
作者：嚴友梅
圖：霽霓（陳景圓）
文類：長篇童話
出版社：大作出版社
出版日期：一九八〇年一月初版

的一段話作結：「記著，跟朋友在一起，要相親相愛。——你該想著，大家相聚不容易；也該想著，這可能是最後一次見面，要是有了虧欠，連彌補的機會都沒有。自然就會親愛了。」

以動物為主角的童話／小說在兒童文學史上並不罕見，如美國的E・B・懷特便是箇中高手。《小番鴨——佳佳》或許還趕不上《夏綠蒂的網》的深度，但它的鄉土味無疑更容易讓此間讀者親近。

這本書最初的版本是「大作出版社」刊行的，書中所附的插圖頗為傳神。遺憾的是，繪圖者霽霓的大名只列於版權頁，並未印在封面上。這當然是出版社不重視圖畫作者的具體反映。如果將來這本書有機會再版，這當然是值得改進的地方。

——收入《台灣兒童文學一〇〇》（行政院文化建設委員會，二〇〇〇年三月）

評介林煥彰《我愛青蛙呱呱呱》

《我愛青蛙呱呱呱》這本書有一個副標題，叫「林煥彰童詩精選」。它初版於一九九三年十月，然而一如詩集的副標題所示，這是一本「舊酒裝新瓶」的「精選集」，書中的三十五首詩早在這本書出版之前好幾年就已寫成，並曾發表在林煥彰不同的詩集中。

全書共收三十五首詩，依題材相近者分為三輯，分別是「公雞生蛋」（以小動物為題材者）、「蟲學校」（以昆蟲為題材者）及「走向大自然」（以自然界生態與季節變化為題材者）；並由插畫家施政廷精心繪製插圖。這本詩集雖是舊作重編，但編排頗為用心。整本書不僅在內容上動人心絃，在美術設計上更是賞心悅目。換個角度看，我們亦可說這本書是兒童詩集出版史上的代表性作品之一。

林煥彰的童詩，有口皆碑；他對於兒童詩的音樂性尤其用心。這本詩集中大部分的詩都用韻，朗誦起來非常自然、好聽。雖然偶而因刻意經營音韻以致詩意流於

書名：《我愛青蛙呱呱呱》
作者：林煥彰
圖：施政廷
文類：童詩集
出版社：小兵出版社
出版日期：一九九三年十月初版

淺薄，但詩人的用心我們卻不可忽略。

林煥彰在中華民國的童詩界絕對是一號人物，不論創作、評論、編輯，甚至社團活動，林煥彰都繳出漂亮的成績單。因為林煥彰太豐富了，許多人因而有一種錯覺，以為要談他的詩，就不能不談到他的文學活動，但讀這本詩集，讀者卻不難感受到：林煥彰確實是一位既誠懇又用功，並且純粹一如孩童的詩人。正如他在這本詩集的「自序」〈送給孩子的禮物〉中所說：「只要我想為孩子們寫詩，童年的記憶就像童年時的蛙叫聲，紛紛回到我的腦子裡，供我挑選，讓我組合……為了童年時候的這句響亮的蛙叫聲，我要永遠為孩子們寫更多更好的詩。」林煥彰的確說到做到，數十年來，他為孩子們留下豐富的兒童詩，他的許多詩集都堪稱傑作，《我愛青蛙呱呱呱》只是一個代表而已。

——收入《台灣兒童文學一〇〇》（行政院文化建設委員會，二〇〇〇年三月）

誠懇而善良：淺談林煥彰的兩本詩論

——《善良的語言》及《童詩二十五講——和小朋友談寫詩》

自一九九二年起，十年之間，林煥彰在他的故鄉宜蘭出了五本書。依序如下：

第一本**《善良的語言》**出版於一九九二年六月，列入宜蘭縣政府文化局「蘭陽文學叢書」第一號。這是一本現代詩評論集。

第二本**《詩・評介和解說》**與《善良的語言》同時出版，列入宜蘭縣政府文化局「蘭陽文學叢書」第二號。亦是一本現代詩評論集。

第三本**《詩情・友情》**出版於一九九五年六月，列入宜蘭縣政府文化局「蘭陽文學叢書」第八號。這是一本散文集，所收錄散文率皆談詩、述友，故有此書名。

第四本**《拿什麼給下一代》**出版於一九九八年四月，列入宜蘭縣政府文化局「蘭陽文學叢書」第十九號。這是一本兒童文學評論集。

第五本**《童詩二十五講——和小朋友談寫詩》**出版於二〇〇一年九月，列入宜

書名：《善良的語言》
作者：林煥彰
文類：現代詩評論集
出版社：宜蘭縣政府文化局
出版日期：一九九二年六月

蘭縣政府文化局「蘭陽文學叢書」第三十八號。從書名即可得知，這是一本兒童詩評論集。

十年辛苦不尋常，這五本書無疑是林煥彰近年來相當重要的文學成績。這篇短文限於篇幅，無法詳述這五書，因此想集中介紹《善良的語言》與《童詩二十五講——和小朋友談寫詩》這兩本詩評。這兩本詩評集一談成人詩、一講兒童詩，論述對象雖有不同，但二者實可互相參看、加以對照。

詩是一種善良的語言

《善良的語言》收錄現代詩析論二十八篇，談論的對象包括吳瀛濤、紀弦、余光中、徐和鄰、林宗源、黃荷生、商禽、李魁賢、辛牧、陳秀喜、陳芳明、施善繼、鄭愁予、許世旭、楊喚、舒蘭、古丁、陳伯豪、白萩、蓉子、林佛兒、景翔、喬林、艾雷、傅敏及大陸流亡詩人徐剛等二十六家。其中徐和鄰及陳秀喜各佔了兩篇；而除了〈不凋的花朵——讀楊喚的詩〉一篇觸及兒童詩之外，其餘談的都是成人的現代詩。

書名「善良的語言」一詞出自吳瀛濤先生的名句：「詩正需要你那種善良的語言」。林煥彰借用來當作他這本詩論集的書名，可見他對詩的理念與期待。若說

書名：《童詩二十五講—和小朋友談寫詩》
作者：林煥彰
文類：兒童詩評論集
出版社：宜蘭縣政府文化局
出版日期：二〇〇一年九月

「善良的語言」就是林煥彰的詩觀，亦不為過。

從林煥彰論析的詩人名單來看，亦知他視野所及，不止於當代詩壇統領風騷的名家。譬如書中收有〈葡萄棚下一隻寂寞的甲蟲——讀徐和鄰的詩〉一文，評析對象徐和鄰在詩評界便屬於冷門。徐和鄰的詩之所以較為人忽視，與這位老詩人屬於「跨越語言的一代」或許不無關係。但林煥彰認為：

在這一代為數不多的詩人作家群中，徐和鄰和另一位女詩人杜潘芳格一樣，是比較少人知道的。以我的說法，他們可以列為『隱藏的星子』的一群，因為在這繁星燦然的現代詩壇上，不容易看到他們的作品和光芒，但他們還是數十年如一日的堅守著自己寫詩的崗位，默默讀書、寫作，這種精神是不容忽視的。（頁二十七）

林煥彰讀詩，往往就是讀人。這也是他的詩評一個重要的特色。他特別欣賞一些誠懇、善良、默默耕耘的園丁，與此絕對有關。在另一篇〈7加6等於13.之我——讀紀弦的「手杖」〉中，林煥彰即說：

紀弦是一位很特殊的詩人，讀他的詩，我們會感覺到，好像看到他的人，聽到他在講話一樣。詩是人生經驗的表現，在紀弦來說，尤其是一句顛撲不破的註腳；說紀弦的詩，是紀弦的人生經歷之展現，一點也不嫌過分。（頁九）

我們不妨將之改寫成：

林煥彰是一位很特殊的詩評家，讀他的詩評，我們會感覺到，好像看到他的人，聽到他在講話一樣。詩評是人生經驗的表現，在林煥彰來說，尤其是一句顛撲不破的註腳；說林煥彰的詩評，是林煥彰的人生經歷之展現，一點也不嫌過分。

從「詩想」出發，為自己寫詩

德國詩人里爾克曾經寫過《給青年詩人的信》，膾炙人口。我讀《童詩二十五講——和小朋友談寫詩》，深深覺得這是林煥彰寫「給兒童詩人的二十五封信」。

在「自序」〈談詩的一種隨筆〉中，林煥彰說：

詩是一種感覺、一種心聲、一種領悟、一種發現、一種抒情……更是一種「語言的藝術」，心靈的歸宿，要「談寫詩」，如何去談清楚？……

這裡，我想再強調的是：寫詩，其實也是一種「生活方式」；有什麼樣的生活態度，自然就會產生什麼樣的詩。我希望讀者都能先在日常生活上培養一種高尚情操的生活，活潑、愉快的人生觀，就能寫出好詩來。（頁Ⅵ～Ⅶ）

林煥彰的觀點，乍看下似乎毫不稀奇，但卻與絕大多數從事兒童詩寫作教學的老師大不相同。他不直接「教詩」，寧可寫詩者先懂得生活。所謂「功夫在詩外」。在眾多兒童詩評論家以教學者的姿態出現時，林煥彰顯得更加可貴。

「二十五講」開宗明義第一講是〈從「詩想」開始〉。這篇文章的一開頭就說：

「詩想」，比什麼都重要。

有優美華麗的詞藻，可會成為一首有「外在美」的詩，但不一定成就了一首「好詩」。

詩，要想有「內在的美」，它一定得先有「不平常」的「詩想」。「詩想」是「詩」的「思想」；說明白一點，就是寫詩的人的想法。（頁三）

而在〈談詩的一種隨筆〉中，林煥彰也說：

> 其實，寫詩最重要的，還是在於「詩想」是否特別？有了不同於一般人的「特別」的「詩想」，寫詩的方法自然就能忠實的隨著適當的語言出現了。（頁VI）

這是一個長久寫詩的人誠懇的叮嚀。第二講以降，如〈「音響」是必要的〉、〈不能沒有「畫面」〉、〈認真生活〉、〈分享新的發現〉、〈從不同的角度看〉、〈體會生活中的小事〉……等等，亦無一不是良心的建議。

全書以〈為自己寫詩〉做結，則呼應詩人所謂「寫詩，其實也是一種『生活方式』」的詩觀。而「為自己寫詩」這個觀念說得最好的一段，我認為是在〈「椅子和我」和「椅子」〉中：

> 我說是「為我自己寫的」，那不是太自私了嗎？也不，詩完成了以後，我發表了，就是希望有人來看它、欣賞它、懂得它、分享它……至於看的人有多少、欣賞多少、懂得多少、分享了多少詩中的好處，那就不是我所在意的，

也不是我所能勉強的了！（頁五十四）

有特色的說詩人

在《善良的語言》的「自序」〈寫詩和讀詩〉中，有一段話十分令人動容：

寫詩寫了三十多年，我可以勉強成為一個『詩人』；而讀詩，我也寫了好幾十萬字詩的讀後感，但我依然是一個屬於詩的寫作者，而不成為詩評家；這不僅是個人才具的問題，也是我努力不夠的關係。

然而，從林煥彰所出版的幾部詩論集來看，林煥彰絕非他所謙稱的「對詩的理解和看法，都極有限和膚淺」。

林煥彰認為「做為一個詩的愛好者，『誠懇』最重要。」誠懇而善良，林煥彰其實是個極有特色的說詩人。

——二〇〇三年十二月《兒童文學家》（總號三十一期）

愛與夢飛翔——王家珍《孩子王・老虎》

前兩年有一部日本電影在台灣上映，中文片名叫做「愛與夢飛翔」，這篇文章不是要討論這部電影，我只是覺得，這個片名似乎可以借用來談談王家珍的《孩子王・老虎》。

王家珍的童話多采多姿、面貌繁複。〈三芝傳說〉可視為「民間傳說故事」的諧擬仿作（parody）；而〈孩子王大鬧閻羅殿〉顛覆了民間信仰中固有的「閻羅殿」形象，也和習見的童話作品大異其趣。《孩子王・老虎》裡的十八篇作品，就「內容」而言其實各自獨立，但王家珍以一篇〈月亮妖精〉壓卷，卻透露了她想在「形式」上一以貫之的企圖心。

然而，究竟是什麼貫串了王家珍這十八篇形色各異的作品呢？是紅森林？老虎阿珍？還是每逢滿月便必須對著月亮妖精說書的家瑋？

依我的看法，則是愛、夢與飛翔。

書名：《孩子王・老虎》
作者：王家珍
文類：短篇童話集
出版社：民生報社
出版日期：二〇〇一年五月

先說「飛」。飛翔自古就是人類的願望，也是兒童文學作品中常見的母題。

——且慢，我說「飛翔自古就是人類的願望」這句話，王家珍即使同意，恐怕也有一番但書。因為在她的筆下，不是只有人類（包括以「人」的形象現身的神仙）能飛，連老鼠也想飛、能飛（〈飛翔老鼠〉）。而小矮人JR靠玩具車與夜風，一樣也能翱翔夜空（〈路燈裡的小矮人〉）。至於小蛇阿放，更是因緣湊巧地見證了男孩（他叫什麼來著？）踩著腳踏車飛入「夢的王國」（〈小蛇阿放歷險記〉）。

飛是美妙的（這就是為什麼會有一大群老鼠搶著報名上飛翔訓練班學習的原因）；飛也是可貴的（「綠石公園那座青蛙池，在高高的懸崖頂端，除了有翅膀的高貴鳥類，誰爬得上去？」——在〈大錦蛇與小青蛙〉中，見多識廣、但顯然有點驕傲的貓頭鷹這麼說）；飛更是危險的（所以初次飛翔的青蛙、小蛇及小矮人，興奮之餘都不免有些害怕）。而無論如何，飛翔確實迷人。

然而，〈小蛇阿放歷險記〉裡踩腳踏車凌空御風的男孩說得好：「飛得再高再遠都不稀奇，坐在飛機火箭上一樣辦得到。我的腳踏車能飛到『夢的王國』才最奇。」

啊！原來，飛翔其實是入「夢」的途徑——怪不得〈螃蟹的守護神〉裡，螃蟹的聚集之處要叫做「夢翔海」了。

在「童話」中，夢之為用大矣。在這本書中，小魚兒曾經藉著夢境解決了「報夏國的麻煩」；〈腳趾頭的故事〉裡，老太婆的「魔術」，也像極了中國傳統故事中的「南柯一夢」；而對夢最精采、最犀利的剖析，則非〈小蛇阿放歷險記〉裡的「夢的王國」莫屬。

好了，「飛翔」與「夢」都有了，那「愛」呢？童話裡少了「愛」，可就像菜裡少了鹽一樣，毫無滋味哪！

唉呀！傻瓜！〈紅森林的危機〉裡的小老虎不是說：「紅森林的愛最多」、「如果紅森林沒有愛，還能叫做紅森林嗎？」——這十八篇發生在「紅森林」裡的童話，哪一篇不充滿作者濃濃的愛呢？

我想，王家珍寫這本書的時候，必定抱著像〈紅森林的危機〉中的動物們把愛心栽種在沙漠中一樣的心情。而可以肯定的是，她必不難見到這樣的情景：

——那些埋進土裡面的愛心，好像真的很有用呢！原本乾枯萎縮的仙人掌，漸漸豐潤起來了。

——收入《孩子王・老虎》（民生報社，二〇〇一年五月）

當教育成了科幻——讀方桂香《放過我吧，老師》有感

《放過我吧，老師》是新加坡青年作家方桂香一九九九年的作品，雖然寫於「世紀末」，但卻是一部放眼未來的科幻小說集。

然而，如果讀者因為《放過我吧，老師》形式上是科幻小說，就以這個文類的尺度衡量它的話，恐怕不免要失望。因為這本書裡的六篇作品，不但題材都是以往科幻小說曾經用過、甚至常見的，結局也幾乎都在常讀科幻小說者的預料之中。較適當的讀法，應是先認清「科幻」只是一件外衣。「怎麼寫」不重要，重點在於：它「寫些什麼」？

六篇小說中，最後一篇〈太有人情味的機器人〉寫機器人的製造，可說是與「科幻」關係最密切的一篇；第五篇〈怕老的女人〉是借科幻談愛情及人怕老的心理；而前四篇，則是借科幻談教育問題。事實上，教育一直是方桂香最關注的問題，她在這本書之前的《幻滅的天才夢》及之後的《這種感覺你不會懂》都與教育

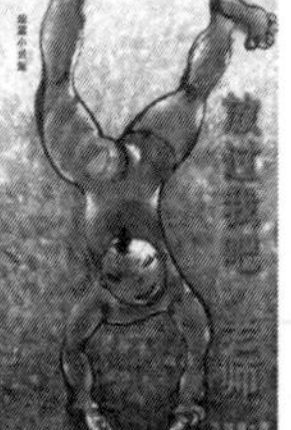

書名：《放過我吧，老師》
作者：方桂香
文類：短篇科幻小說集
出版社：新加坡創意圈工作室
出版日期：一九九九年九月

離不開關係。

第一篇〈放過我吧，老師〉描述一位來自未來的機器人老師，對現在的學生實行毫不放鬆的家教，只可惜學生「學習熱忱很低」（頁二十二），甚至反抗老師，最後只好由五百年後的人類學家前來收拾殘局。

第二篇〈教我歡喜又憂愁〉敘述一對夫婦生下一個天才寶貝，四歲時已舉世聞名，身兼文學家、音樂家、語言學家、科學家……於一身，但最後終於倒下。結局揭曉，他不過是個過度操作的化學合成人。

第三篇〈小發明家的煩惱〉的主人翁也是個小天才，他發明了一個能看清別人思想的人腦探測儀。發明這個探測儀讓他一夕成名，但也讓自己成為眾人害怕、甚至唾棄的人物。

第四篇〈孿生姐妹〉探討的是獨生子女的教育問題。科學家製造了一種機器人，可以量身訂做，陪伴人類一起成長。故事的主人翁從小有個孿生姐姐，後來機器人出了問題（動了感情），才弄清楚原來姐姐只是個機器人。

第一、二、四篇的故事，用的都是「科學實驗」的公式。〈放過我吧，老師〉的實驗者是五百年後的人類學家，他想實驗現代的學生是否承受得起更高質量的教育。他的設想是：如果現代學生肯拚命學習，人類會進步得更快。

〈教我歡喜又憂愁〉的實驗者是愛慕虛榮的年輕夫婦。他們希望自己的孩子是世界上最優秀的人才，所以答應科學家對孩子輸入最好的遺傳密碼。〈孿生姐妹〉裡的實驗者既是科學家，也是孩子的父母。因為是獨生女，父母自然寵愛有加，等到發現孩子被寵壞，父母才想到替她找一個「孿生姐姐」，幫忙教養她。

這三個實驗，結局都是失敗的。正因為是失敗的實驗，所以更值得我們省思。要知道，孩子的童年只有一次，教育不能輕易實驗。這幾篇小說的結局無疑都是溫暖的。實驗失敗只是得到一次教訓，孩子都安然無恙。但如果這些實驗在現實中進行，一旦失敗，人類付出的代價恐怕難以估計。

話說回來，小說結局的溫暖恐怕也是美學上的缺陷。以〈放過我吧，老師〉為例，主人翁及母親看到五百年後來的「怪物」（人類學家），正是高潮所在，但作者卻於此輕描淡寫，草草以小說人物「恢復了正常的生活」（頁二十三）作結。從這裡也看出，「科幻小說」只是作者借用的形式，她所關心的是現實世界，她的目的是「借未來諷今」。

當然，所有的科幻小說都可說是「借未來諷今」，但方桂香的意圖畢竟太過明顯、強烈。交代了她要談的問題之後，小說夠不夠科幻她並不太在意。

方桂香的文字淺白，又喜歡從教育問題取材，她的小說，其實是很好的「少年小說」（適合少年閱讀的小說）。這本書的書前附錄了九位作家、學者的讀後感，以及一篇名家的序，但對我來說，寧願看到幾則少年讀者對這本書的留言。我認為，這本書該替他們道出不少心聲。

台灣這幾年的教育正在進行天翻地覆的大改革，「實驗」的結果如何，一時還難以定論。在眾多對「教改」的反省聲音中，也有不少是科幻式的。《放過我吧，老師》是上個世紀末新加坡的科幻「寓言」，在新世紀的台灣讀來，別有一番滋味——怕只怕，它會成為一則「預言」！

——二〇〇四年六月《兒童文學家》（總號三十二期）

可看亦可讀——評楊喚〈小紙船〉

楊喚（一九三〇－一九五四），本名楊森，出生於中國遼寧省興城縣菊花島上。家境貧寒。襁褓中，母親去世。三歲時，父親續絃。就讀初級農業職校畜牧科時開始寫作。十七歲（一九四七年）時父親病歿，隨二伯父入關，經天津赴青島，在《青報》任職校對，後升任副刊編輯。一九四八年由青島文藝社出版第一本詩集。因烽火蔓延，《青報》解散，南下廈門投身軍旅。

一九四九年隨部隊來台。編入東南軍政長官公署警衛團的政工室，由上等兵逐次擢昇為上士文書，負責標語、海報等設計。開始寫兒童詩，以「金馬」為筆名發表兒童詩於《中央日報・兒童周刊》。一九五二年，以「楊喚」為筆名開始發表抒情詩。一九五四年三月七日，為趕赴一場勞軍電影「安徒生傳」，跌倒於台北市西門町的平交道上，遭火車輾斃。得年不滿二十五歲。

楊喚死後，友人及出版社為之整理遺作，陸續出版有《風景》、《楊喚詩集》、《楊喚詩簡集》、《楊喚書簡》、《水果們的晚會》、《夏夜》等書，而以

篇名：〈小紙船〉
書名：《楊喚詩集》
作者：楊喚
文類：兒童詩
出版社：光啓出版社
出版日期：一九六四年九月

歸人所編的二卷《楊喚全集》最為完備。

楊喚的詩包括（成人的）抒情詩及兒童詩兩大類。由於早夭，故留下的作品並不多。其中兒童詩僅有二十首，但篇篇膾炙人口。在台灣提到兒童詩，每個人首先想到的就是楊喚。之所以如此，最大的原因就是楊喚是最早有詩作被選入中、小學課本的詩人，也是獲選詩作最多的一位詩人。「楊喚童詩研究」是台灣兒童文學界特殊的現象，相關論述甚多，其中以吳當《楊喚童詩賞析》及林文寶《楊喚與兒童文學》二書最為重要。

〈小紙船〉在楊喚詩集中，被歸類為兒童詩。全詩共三十一行，分為五段。

首段四句：「你就快點摺起一個小紙船罷，／別捨不得一張白色的勞作紙呀，／再用你五彩的蠟筆／畫上一個歪戴著白帽子的小水手。」雖然沒有出現「我」字，但很明顯是以第一人稱的方式對「你」來說話。這樣的口吻使讀者覺得親切；對兒童讀者而言，尤具親和力。是很成功的開端。而摺紙船本來就是兒童熟悉、喜歡的活動，故我們也可說楊喚挑了一個好題材。

次段五行，引出兩個主要角色以及兩件事：「小蟋蟀是去參加一個音樂會，／要過河去唱歌；／小螞蟻忙了一天想媽媽，／要過河趕回家。」小蟋蟀與小螞蟻是楊喚兒童詩——乃至於所有的兒童詩——常用的角色、意象。而一個要去音樂會唱歌、另一個想念媽媽急著趕回家，都是深具童話性、故事性的描述。從這裡開始，擺脫了首段的現實描寫，讀者也才知道這是一首幻想式的敘事詩——而兒童文學界則慣稱這樣的詩為「童話詩」。

第三段七行。前四行：「當那太陽先生向白天告別的時候，／當那雲彩小姐被吻得羞紅了臉，／當那蝌蚪孩子要躲在河床下休息，／就讓你的小紙船揚帆罷！」其中「太陽先生」、「雲彩小姐」、「蝌蚪孩子」都是童言童語式的「童話」，也是楊喚童詩常見的語言。末三句：「讓它浮過小橋，／讓它輕輕浮過小橋，／可別驚醒了睡在小河上的晚霞。」前兩句有複沓的效果；最末句預寫了小紙船划破水面的景象，但「驚醒睡在小河上的晚霞」意象鮮明，堪稱奇語！

第四段共八行。

快點划！快點划！
千萬叮嚀你的小水手，
別在半路上停了船哪，
別讓他靠了岸去給他的小戀人
採那開得金黃金黃的蒲公英花。

你該知道，這時候，
那熱鬧的音樂會上已經響過一遍嘹喨的小喇叭。
就是小螞蟻的媽媽也正焦急地等著他回去吃晚飯哪。

楊喚的詩，並不刻意押韻，但往往在高潮處押了不著痕跡的韻，非常適合朗誦。以這一段為例，「划」、「哪」、「花」、「叭」、「哪」都是韻腳。末兩句長達二十字及二十二個字，但讀來並不拗口，兒童也可一氣呵成地唸完。這首詩節奏鏗鏘、音響跌宕，具體證明兒童詩不僅需要可看性，更需具有可讀（可朗讀）性。

最後一段是這樣寫的：

等那月姐兒向小河照鏡子；
等那星星們都頑皮地鑽出了頭，
等那夜風和小草低語的時候，
等那花朵都睡了，等那蟲兒都睡了的時候，
螢火蟲也該提著燈籠來了，
讓他們迎接你的小紙船和那忠實的小水手，

平安地彎進那生遍蘆葦的靜靜的小港口！

楊喚的童話詩往往在最末有一個大合唱式的收場，這首詩亦不例外。頭四句皆以「等那」二字起首，等於押了頭韻；而「頭」、「候」、「候」、「手」、「口」等則為句末的韻腳。雖似信手拈來的押韻，但活潑跳躍的效果顯而易見。小紙船與忠實的小水手歷經跋涉，終於「平安地彎進那生遍蘆葦的靜靜的小港口！」這是美好、圓滿的收場，極易獲取兒童的認同。

詩心即是童心。楊喚的童年並不愉快，但他喜歡文學、喜歡詩、喜歡兒童、喜歡小動物，這些「喜歡」因緣際會造就了他的兒童詩。楊喚既是台灣兒童詩的先驅者之一，也是最顯著的典範。誠如歸人所說：「他的童年是萎謝的，是淒慘的，所以，他對童年常寄以美麗的夢想。這促使他在童話詩及童話的寫作上，有了絕大的成就。」（見《楊喚詩集》，頁一四六）。

半世紀以來，楊喚的兒童詩已經滋潤了好幾代的兒童，相信在新的世紀，他的詩仍會灌溉一代又一代的未來主人翁。

——二〇〇三年十二月十五日《笠詩刊》第二三八期

——收入《跨國界詩想——世華新詩評析》（唐山，二〇〇三年十二月）

寫給台灣兒童的蟲魚鳥獸交響詩——評鄭清文《採桃記》

台灣童話在「解嚴」之後，有相當巨大的變化。不管質或量，突飛猛進的成果都令人刮目相看。當然，政治上的解嚴只是助力之一，不是文學發展的絕對因素。近二十年來，台灣童話之所以呈現新面貌，最主要的原因還是一群新的童話寫手加入的緣故。這群新童話作家（如孫晴峰、管家琪、張嘉驊、林世仁、王家珍、陳月文、王淑芬……等）大多年輕，有挑戰傳統的勇氣與能力。在寫作技巧上長於顛覆與遊戲，意識形態上則傾向多元和開放。童話到了他們手裡，澈底擺脫「教育」的框架，走向純粹的藝術創作。

鄭清文的第一部童話《燕心果》出版於一九八五年，略早於政治解嚴，當然，也略早於上述幾位新生代童話作家的出現。這部童話出版當時已有好評，但很遺憾，那幾年童話界的聚光燈集中在新生代作家身上，對於《燕心果》的討論，相對來說是少的。

書名：《採桃記》
作者：鄭清文
文類：長篇童話
出版社：玉山社
出版日期：二〇〇四年八月

事實上，鄭清文與這批主導台灣童話風潮的新生代童話作家無法相提並論的理由也很明顯。首先，鄭清文文風樸實，這是他小說令人讚嘆的風格，在他的童話上依然可見。其次，由於「為台灣寫童話」這樣的念頭，使鄭清文在題材上以台灣鄉土為唯一選項。至少這兩點，使鄭清文迴異於台灣近二十年來的童話主流。當然，也使鄭清文成為台灣童話獨特的風景，一個特殊而珍貴的存在。

《燕心果》之後，以小說為創作主力的鄭清文隔了十幾年才推出第二部童話《天燈・母親》（二〇〇〇年），風格依然淳厚。再過來，便是二〇〇四年的新作《採桃記》了。

《採桃記》是一部長篇童話，寫的是一個國小老師帶一群小朋友入山採桃，因為雷雨而耽擱的過程。孩子們在風雨中入夢，經過「閃電大道」的指引，每個孩童的夢境都是一篇篇童話。而連串起來，則成了一部長篇。全書十三章，除首尾兩章是現實情境外，中間十一章均為夢境。長篇童話極少，這在國內外都一樣。在近二十年的台灣新童話中，長篇童話也是較弱的一環。因此，《採桃記》在形式上首先就令人驚喜。

而在內容來說，《採桃記》也令人目眩神迷。〈臭青龜子〉、〈憨猴搬石頭〉、〈台灣黑熊〉、〈金螞蟻〉等，篇名上的蟲魚鳥獸已預告書中豐富的自然生態。的確，蟲魚鳥獸在書中的精采演出令人過目難忘；但自然生態之外，讀者不可忽略的，卻是鄭清文意在言外的人文生態。舉例來說，〈憨猴搬石頭〉裡的猴王、指揮官、搬石頭的猴群，比對於政治上的獨裁者、官僚、老百姓，不是恰如其分嗎？〈麗花園〉裡那隻因為披狼皮太久終至變成狼的羊，難道沒有一點政治諷喻的意味嗎？

同樣的，〈樹靈碑〉、〈蛇太祖媽〉、〈水晶宮〉、〈魔神仔〉等具有神祕色彩的篇章，其神祕色彩的作用也不僅在於「提供童話元素」而已。在〈魔神仔〉裡，貪吃的連元福在夢中飽享招待，醒來後已是該章尾聲，此時作者才慢條斯理說出：「台灣有一種傳說。在山野間，有一種小鬼，叫魔神仔。魔神仔喜歡惡作劇，不會蓄意害人。他在晚間出沒，把落單的人帶進迷宮裡，用牛糞和草螟，當作米糕和雞腿，塞飽那個迷路的人。」（頁二二四）將民俗融入創作，作者的童話在「發明」的同時，也有了傳承的線索。這種向民間傳說靠攏的寫作路數，偏偏也是近二十年來台灣新童話的弱項。鄭清文在台灣當代童話的意義，因而又多了一層。

無可諱言，鄭清文樸素的文字風格，令人擔心是否能令兒童讀者喜愛。台灣當代童話十分花俏，童話作家為取悅兒童讀者，往往使出渾身解數，要讓童話有高度的「可讀性」。但鄭清文的童話卻不是這樣。這位資深小說家淡遠閒適的風格早有定論，他的童話並沒有失去個人特質。這是可貴的。而如果有人擔心這樣質樸的作品不能討好兒童讀者，我建議另以兩點來思考。第一，兒童的閱讀習慣不宜「一元化」，兒童嗜吃甜食，但甜食決不是主食。許多童話花俏有餘、內涵不足，而鄭清文的童話內涵豐富，讀過幾篇自會習慣作者的文筆，讀後所得則是大多數「有趣」的童話所不及的。第二，童話做為一種文類，該是老少咸宜。誰規定童話只供兒童閱讀？誰又能說童話「只是」兒童文學？童話不只屬於兒童，也屬於所有童心未泯或想尋回童心的成年人。鄭清文的童話極適合成人讀者，這又是他與大多數當代童話家不同之處。

李喬在序文中將本書譽為「純淨的人的童話」。「純淨的人」應是作者長久以來的文壇形象，但這本書切不可僅視為「純淨的童話」而已。因為「純淨的人」這回寫出一部大童話。它是一部「野心之作」，是一部龐大的台灣蟲魚鳥獸交響詩。有「為台灣寫童話」的念頭的作家可能不少，但放眼文壇，至今也只有一個鄭清文，寫出這部具大氣魄的長篇童話。《採桃記》無疑是台灣童話的里程碑。

——二〇〇五年八月《文訊月刊》第二三八期

在侃侃而談中長了學問——張之路《獎賞》導讀

一、「侃」出來的小說

張之路是老北京，善「侃」。聽善「侃」者說話是一種享受，讀張之路的小說也是。他的小說與其說是寫出來的，不如說是「侃」出來的。何謂「侃」？他的小說裡解釋得很清楚。（什麼？你問我在哪一篇？哪一頁？天下有這麼便宜的事嗎？想知道？讀完這本書不就得了！）

「侃」是中國大陸用語，一般用在日常生活中。我拿來做文學批評，是想強調張之路語言運用的靈活與情節安排的機智。靈活與機智，是善「侃」者的基本條件吧！

對台灣讀者來說，「侃」字可能不熟悉，事實上，張之路小說中常見許多台灣讀者不習慣的大陸用語及北京土話。譬如：「我沒鬧明白」意思是「我沒弄明

書名：《獎賞》
作者：張之路
文類：短篇少年小說集
出版社：民生報社
出版日期：二〇〇六年三月

白」；「有什麼貓膩」意思是「有什麼交情」；「不隨你媽媽」意思是「不像你媽媽」……等等。例子很多，不用一一列出。我相信這些文字並不會構成閱讀障礙，讀者很容易舉一反三。

有些台灣出版社引進中國大陸作品，會考慮本地讀者的習慣，對文章加以修飾。但張之路的小說語言具有淋漓的生命力，若改用標準普通話，可能就真的變得普通了。文學作品，還是原汁原味最好。

二、學校裡學不到的事

大多數的少年讀者不喜歡聽說教，包括聽作家說教在內。幸好，張之路也是不說教的。但「不說教」可不代表作者不希望讀者在獲得閱讀樂趣之餘，還能得點收穫。我讀完這本書，心裡最先浮起的一句話恰恰是：「嘿！真上了一課！」

說「上了一課」，或許並不精確。要知道，學校裡的老師跟兒童文學作家看似同業，都在培養下一代，但經營手段與專業要求大異其趣。上學是國民應盡的義務，但「為什麼孩子要上學」這個問題還是由教育體制外的作家解釋起來較有說服力。張之路寫的是校園裡的故事，卻教給讀者學校裡學不到的事。

舉例來說，學校裡會教英語、法語，當然也教本國語。但你就算在課堂上把世界上所有語言都學全了又如何？遇到外國人排隊不守秩序時，懂外語該怎樣？不通外語又該如何？這個問題你想過嗎？語言是溝通的工具，但不是唯一的工具。有時一份挺身而出的勇氣，比起語言更容易讓人際達到溝通。這份勇氣，語言教師有時會忘了教，而張老師替我們補上了這一課。

三、To be or not to be?

張之路說過，他最難忘的一件糗事是他讀小學時，班上一位女同學對別的同學表示她最喜歡他，他為了表示「清白」與「無辜」，當著大家的面把那位女同學罵哭。這件事後來被他寫成〈原諒我！小新子〉這篇小說，收錄在《懲罰》一書裡。

這件事無疑是了解張之路作品的一個角度。他之所以寫小說，或許就是為了懺悔。這件事當然已無可彌補，成為他心中永遠的痛。但如果時光倒流，他肯定會有另一種做法。而他寫小說，無非是想告訴少年讀者們，面臨困境、必須有所動作時，如何因應會更好、更不會留下遺憾。

一如哈姆雷特的永恆疑問：「To be or not to be?」事情要不要幹？怎麼幹？是

隨時都可能要面對的。

——看到外國人插隊時若任由他去，就算外語愈練愈流利，難道午夜夢迴不會覺得心中有愧嗎？

——不該鼓掌時，如果為了盲從而鼓掌，日後遇見真正想鼓掌的場面，那掌聲還有一樣的價值嗎？

——同學犯了校規，要不要告發呢？幫忙隱瞞好嗎？頂替認罪可以嗎？

……

類似的困境，張之路的小說裡多得是。

四、想望一朵滿足的微笑

坦白從寬，我是年過三十才開始讀張之路。三十幾歲，很多事情已經來不及了。讀張之路作品時，我常回想起少年往事，也不禁幻想：如果當初有些事情我換個方式處理，情況應該大不相同吧？

話說回來，即使閱讀張之路讓我心生「聞道已晚」的感慨，但在他的侃侃而談中，我仍長了不少學問。而此刻正在讀本書的少年讀者無疑是幸運的。人生課題，

在侃侃而談中長了學問

及早思索永遠好過事後追悔。更重要的是，當遇到事情必須抉擇時，記住不要做出無法原諒自己的決定。

我相信日後會有少年讀者在面對困境時想起張之路的小說；也相信當他作出正確決定時，張之路臉上會浮現一朵滿足的微笑。

——收入《獎賞》（民生報社，二〇〇六年三月）

揮小說之筆，打一場好球

——評陳肇宜《肉腳少棒機車兄》

陳肇宜的《肉腳少棒機車兄》寫的是一群熱愛打棒球、但球技並不傑出的小學生的故事。這是一部少年小說，也是棒球小說。

在台灣，運動小說並不興旺，而在這個並不興旺的小說類型中，以棒球小說為最大宗。這在「成人小說」或少年小說來說都是如此，畢竟棒球是台灣最具代表性的國民運動。

回顧台灣棒球少年小說的發展，最早的作品應是小野於一九七七年榮獲第二屆「聯合報小說獎」首獎的〈封殺〉。這篇小說雖非專為少年而寫，但由於主角是少年、並以第一人稱描述少年的心態，實可納入少年小說的範疇。稍晚，則是一九七八年傅林統榮獲第四屆「洪建全兒童文學獎」佳作的中篇小說《風雨同舟》。一九八八年，陳月文以〈神投小童〉獲得第十三屆「洪建全兒童文學獎」少年小說組優等獎。一九九二年，侯文詠在《淘氣故事集》裡以一篇〈超級棒球賽〉

書名：肉腳少棒機車兄
作者：陳肇宜
文類：長篇少年小說
出版社：小兵出版社
出版日期：二〇〇七年十一月

令人眼睛一亮。之後，洪志明〈神話故事〉（一九九四年）及李光福〈獨臂投手〉（一九九五年）先後拿下第七、第八屆的「台灣省兒童文學創作獎」佳作。

再來便是李潼（一九五三—二〇〇四）了。一九九〇年代初，他的〈洪不郎〉藉一支經費困難的少棒隊批判運動之外的權力與金錢的糾葛，可說與前行者小野的〈封殺〉遙相呼應。而一九九九年納入「台灣的兒女」系列之一的中篇《龍門峽的紅葉》（圓神版），則是對台灣棒球史上不朽的「紅葉傳奇」的反省。

傅林統的《風雨同舟》先後有過成文版及水牛版；二〇〇一年七月，傅林統將它修訂，改名為《唱起凱歌》，由富春重新出版。陳月文的〈神投小童〉得獎後，遲遲未有機會發表，經改寫，終於在二〇〇六年一－二月間連載於《國語日報・兒童文藝版》。傅、陳二人的舊作修改後仍能發表於新世紀，實亦可證台灣棒球少年小說創作之貧乏、以及讀者需求之殷切。而從《龍門峽的紅葉》算來，我們已有八、九年未曾見到棒球少年小說了！

以少年小說的角度看《肉腳少棒機車兄》，首先我們注意到，這本書採取第一人稱的敘事方式。敘事者是球隊捕手、綽號「汽車」的張裕隆。拿重要角色做為第一人稱來說故事，很自然可以帶入這個角色的心理，讓讀者看到角色的心情變化（少年讀者尤其容易關心同為少年的書中主角的內心掙扎與抉擇！），對作者來說，這比起使用第三人稱、全知觀點，是更有效率的寫法。其次，幽默的筆觸也是這本書的長處之一。此外，故事亦有懸疑的設計，譬如「香腸伯」與「黑狗兄」的真實身分。不過坦白說，以上三點都是少年小說常見的招式。

然則《肉腳少棒機車兄》有何優異於前述的棒球少年小說之處嗎？有的！前述的小說，粗略來分，不外乎「勵志」與「除魅」兩類。勵志者，強調運動精神、團隊精神，歌頌棒球的光明面，甚至把棒球運動寫成「神話故事」；《風雨同舟》（《唱起凱歌》）、〈神投小童〉、〈神話故事〉、〈獨臂投手〉都可算在這一類。除魅者，則致力於揭發球賽幕後的黑暗、卸下棒球運動「神聖」的假面；小野跟李潼可做為代表。

比較特殊的是侯文詠的〈超級棒球賽〉，這是一篇趣味橫生的童年憶往式的故事，令人懷念起童年時快樂、單純、無關乎比賽的光榮與恥辱的打棒球的日子。《肉腳少棒機車兄》所傳達的「來玩棒球吧！」（該書章名之一）的意念，與侯文詠可說相近。難得的是，《肉腳少棒機車兄》並不懷舊，它講的是二十一世紀的，有網路、E-mail、電視棒球專屬頻道Live轉播、以及「台灣之光」王建民的當下台灣！

以往的棒球少年小說，或許是作者心中揮不淨「文以載道」的企圖，對於運動場面往往缺少工筆的耐心，造成我們在運動小說中卻看不到精采的運動。但《肉腳少棒機車兄》這一點做得很好。在〈敗部冠軍〉這一章裡，作者以十幾頁的篇幅細緻描摹了一場球賽，讓人彷彿看到賽事的紙上轉播。稍微可惜的是章名取得不佳，洩漏了南新隊將會獲勝的結局。國內的長篇少年小說常替各章取章名，這點應是作者及出版社的盲點，因為「成人小說」或國外的長篇少年小說，取章名者相對來說比較少。

最後當然要談談作者。陳肇宜並非新人，早在一九八二年，他便曾以《跑道》榮獲第八屆「洪建全兒童文學獎」少年小說組第一名，該文曾收錄在書評書目版《洪建全兒童文學創作獎得獎作品集：少年小說（三）》一書。該書絕版多年後，陳肇宜重新修訂，於二〇〇四年交由小兵出版。《跑道》也是運動少年小說，涉及的運動是短跑及跳遠。如今陳肇宜又出了《肉腳少棒機車兄》。雖然陳肇宜也有其他非運動文學的創作，但僅從他目前的兩部長篇運動小說來看，陳肇宜已無愧於「運動小說的佼佼者」（語出張子樟《跑道》推薦序〈跑道上的徘徊〉）之稱。作者的才華，讓我們有理由相信並期待：日後他還會上場，揮小說之筆，打幾場好球！

——二〇〇八年四月《文訊月刊》第二七〇期

兒童文學的風向與根本——評傅林統《兒童文學風向儀》

傅林統先生是國內兒童文學界的長青樹，創作、研究、評論、教學，四者兼擅，更是不易。台灣的國小校長有「愛說故事的校長」之稱的不只一人，但我總是最先想到傅校長。傅校長的兒童文學理論新作《兒童文學風向儀——「兒童文學的現代思維與風尚」論述》在去年（二〇一五）年底出版，流通並不廣，因為它是傅校長自印的。文學理論書在書市裡十分寂寞，很少出版社願意出理論書，這本書幸得桃園市政府文化局補助才得以出版。

傅校長雖未說明這本書的寫作時間，但從內文看，可知是一本寫了很久的書，譬如第一章第一節〈奇幻文學的歷史和現代趨向〉，所舉的例包括九歌出版社主辦的第十一屆現代少兒文學獎得獎作品（舉辦於二〇〇三年），以及二〇〇四年文建會台灣文學獎童話類得獎作品（該文學獎已停辦多年）。而傅校長曾連續三年（二〇〇九、二〇一〇、二〇一一）主編九歌的《年度童話選》，亦自承這個經驗影響

書名：《兒童文學風向儀
——「兒童文學的現代思維與風尚」論述》
作者：傅林統
文類：評論集
出版社：作者自印，桃園市政府文化局補助出版
出版日期：二〇一五年十二月十二日

他至深。因此我們可知，這本書的「風向」，至少經過十幾年的觀察與歸納。

傅校長的〈自序〉開頭是一首詩，前半首是這樣寫的：「我是站在塔樓頂上的風向儀／我雖然不會改變風向，更不會增強風力／可是我會準確地指出風的方向／時時刻刻仔細記錄風的力量／神奇的是我會聽見風的呢喃／記下他從遠方帶來的信息」傅校長想為大家指出「風向」，但我讀此書，卻更看重他隱而未顯的「根本」。

本書的第一章是〈兒童文學的奇幻風尚〉，第二章是〈兒童文學的趣味取向〉，第三章是〈兒童文學的文學性取向〉；但不管是「奇幻」或「趣味」，都是一時的「風向」，唯一不變的「根本」是「文學」。

傅校長談「奇幻」，不忘叮嚀：「不管是童話或少年小說，是要有豐富的內涵，以及深入心靈的感動力量，可是這並不是故弄玄虛或寫得深奧難解所能夠得到的成就。兒童文學的成就在於高明的表現技巧和文學的價值，這都不是玄虛難解的東西。」（頁十四）

而關於「趣味」，他是這樣說的：「近代童話最明顯的質變是：排除道德的、倫理的意味，而走無意義、非寓意，只要小小搞笑的，所謂nonsense的傾向。這樣的作家，以為捕捉了童話的精髓，是進步的、顛覆的、創意的路線。其實這只能算是重視童話的娛樂性而已，失去的是更重要的童話的生命。……童話的寫作，如果把指標放在小搞笑，可能就有其格局上的限界，難以邁入遠大的、更高境界的地步。或許有的作家低估了兒童，以為他們只能理解『小搞笑程度』的故事，那是忽略了讀者的潛能，至為可惜！」（頁七十八）

觀察「風向」之餘，傅校長的「根本」始終不移：「童話是屬於所有童心滿盈的人們所擁有的文學，現代人多元的、多變的、數位化的、瞻望未來的思惟和科技，對童話的性質的確產生微妙的影響。可是從宏觀的立場看，童話在變化多端中，卻有它不變的實質——人性的真實、宇宙的真理，使得童話在兒童文學的範疇始終保持聳然屹立的地位。無論如何，童話所以能具有永恆的價值，是在它的文學性，是契入人性與童心的感動，就像李麗安・史密斯說的：『我的書和我的心，不會各自分離。』那才是我們該追求的童話本質。」（頁八十一）

風向儀若是根基不穩，如何能準確測量？這本書的書名只凸顯出「風向」，但我希望提醒學界及讀者，不要忽略傅校長雖未刻意強調、但立場堅定的「根本」。

——二〇一六年八月十五日《台灣時報副刊》

童話的文學性回歸——我讀傅林統《真的！假的？魔法國》

在讀傅林統校長《真的！假的？魔法國》的書稿之前，我剛讀過他的兒童文學理論新作《兒童文學風向儀——「兒童文學的現代思維與風尚」論述》（二〇一五年十二月），受益良多。傅校長在這本書中指出，最近十幾年來台灣兒童文學界有一股「奇幻風尚」，且有傾向「小搞笑」（nonsense）的質變。回顧這些年的台灣童話，的確如傅校長所觀察的，奇幻當道，而無厘頭的趣味甚受歡迎。這股風潮，至今還沒有歇息的跡象。

風向是一時的，奇幻與搞笑，本身並沒有錯，但如果為了追求奇幻與搞笑，犧牲了文學作品該有的藝術要求，那就不可取了。無奈的是，許多兒童讀者囿於閱讀經驗不足，無法察覺這一點。這就像許多兒歌，只要有明顯的節奏與易讀、易懂、趣味的歌詞，就可能受到兒童歡迎了。但若分析起來，它們往往缺乏精緻、細膩的

書名：《真的！假的？魔法國》
作者：傅林統
文類：短篇童話集
出版社：九歌出版社
出版日期：二〇一六年十月

旋律與編曲。

細讀傅校長的理論，可知他觀察風向是建立在一個穩固的基礎，那就是「文學性取向」。風潮再怎麼變，兒童文學做為一種文學類型，決不可棄守文學的本質。從這個角度來讀《真的！假的？魔法國》，格外有感覺。這本書雖有奇幻情節，但不為出奇而出奇；雖有趣味片段，也不為搞笑而搞笑。比起近年來大半的台灣童話，這本書凸顯出文學性的高度。

譬如〈搭上風車的風〉，若以主題論，是一篇科學性的童話。科學童話難免夾帶學術性的解說，但傅校長卻把它寫成一首優美的散文詩，該篇的抒情描寫，在現今的台灣童話已經罕見。

又如〈回到人間的小精靈〉，文中說到：「人類的進步不能只依靠『現實和理性』，也要我們小精靈幫他們『超越現實和理性』，突破進步的瓶頸呢！」、「自從我們回來人間以後，改變最大的是人類的大人啊！以前他們不承認我們的存在，現在卻認為我們構成的奇幻世界，是可以想像的『第二世界』，能夠超越理性的限制，啟發他們的想像力。」以奇幻作品討論奇幻，具有「後設」的趣味。但這個趣味還在其次，更重要的是它反省了奇幻文學的得失。

傅校長對於民間故事十分有心得，所以本書裡也有〈九曲河上九曲舞〉這樣的類型，像是一則古老民間故事的改寫。但不管時代如何變，這樣的古典故事從來不會過時。

傅校長的童話不會過時，因為他並不追趕潮流，他的童話說穿了是著重文學藝術的「基本款」。就像日本的宮澤賢治，他的童話如今讀來會覺得幻想性不足（所以許多人喜歡拿來改編，加入一些創意，替宮澤賢治補足），但他的主題及寓意卻具有永恆的價值。

讀傅校長卻想起宮澤賢治，不是沒來由。在〈發現天堂星〉的末尾，傅校長提出「淨土星」，說那兒才是讓眾生永遠安心居住的地方，比「天堂星」更美好。而在〈新桃花源記〉中，傅校長做了補充，淨土就在我們腳下，只要人類淨化自己的心靈與環境，地球就是我們的淨土。淨土思想來自《法華經》，恰是賢治喜歡的經典。

本書中有許多篇章穿插詩歌，更是文學性的具體展現。很少人這樣寫童話，因為這樣寫多少會影響讀者閱讀的速度。有些讀者光看情節發展而讀得快，但本書的詩歌會讓讀者不得不慢下來。事實上也只有慢下來讀，才會發現這本書的文字極有品味，遣詞用字謹守法度，不避流行的語彙，卻有古典的美感。

坦白說，在這個時代出這本書，我有點擔心它在市場上的反應；但任何時代都該有這樣的童話存在。傅校長老當益壯，年逾八旬仍不斷推出新作，以理論與實際創作相印證，表達他堅持回歸文學性的理念，值得台灣兒童文學界同喜！

——二〇一六年十二月十九日《更生日報副刊》

——收入《真的！假的？魔法國》（九歌，二〇一六年十月）

輯三

外文兒童文學

繪圖者的幸與不幸——談桑貝與瑞思爾的作品

許多小說附有插圖。所謂「插圖」，顧名思義是陪襯小說而存在的；一般的情況下，讀者想看的是小說，而非插圖。但有一些小說中的插圖，卻繁複精彩到令人無法忽視的地步。

以法國畫家桑貝（Sempé）的作品為例。他在為葛西尼畫《小淘氣尼古拉》系列（晨星出版）及蒙迪安諾的《戴眼鏡的女孩》（時報出版）時，精彩的插圖便搶了不少文字作者的鋒頭。若說他是這些書的共同作者，誰曰不宜？《戴眼鏡的女孩》在台灣尤具意義——國內有許多「桑貝迷」即是打這本書開始迷上桑貝的。

桑貝的作品，後來有「星月書房」的持續推廣。桑貝「繪本大師」（出版社的廣告文案）的名號，可說在此確立。星月書房對桑貝作品出版之用心，有目共睹；但該社未能對另一位繪畫／漫畫大師瑞思爾（Jean Marc Reiser）等同相待，卻令人覺得遺憾。

書名：《離家一夜》（Une Nuit Sans Dormir）
作者：曼滋（Manz'ie）
繪者：瑞思爾（Jean-Marc Reiser）
譯者：劉美欽
文類：搭配插畫的短篇少年小說
出版社：玉山社
出版日期：一九九九年十二月

瑞思爾是法國久負盛名的漫畫大師，崛起於六〇年代，七〇年代以經典之作《開闊的人生》（*La vie au grand air*）、《極度噁心》（*Gros deguelasse*）等風靡歐美，一九七八年榮獲「安古蘭漫畫展首獎」（按：Angouleme，創立於一九七四年，是法國最重要的漫畫展，在世界漫畫壇上有舉足輕重的地位），更將他推向漫畫大師的寶座。星月書房出版的《離家一夜》（一九九九年十二月），文字作者是曼滋，而插畫家正是瑞思爾。

然而，在《離家一夜》中文版的摺口上，對曼滋的介紹有百餘字，但對瑞思爾竟隻字未提！

事實上，就世俗的「知名度」而言，瑞思爾比起曼滋，有過之而無不及。再就《離家一夜》的內容來看，在九十幾頁的正文——大約有兩萬多字——中，插圖竟高達六十八幅，其中幾幅甚至占雙頁（跨頁）或整頁。插圖對這本書的重要性，不言可喻。

但《離家一夜》的中文版卻對插畫家的介紹付之闕如。出版界平白喪失一個向讀者引介一位插畫／漫畫大師的良機，令人扼腕。

話說回來，「羅馬不是一天造成的」。桑貝的作品，由於出版商的持續引進，才累積出相當的名氣、人氣。出版商肯投資（這當然也是因為讀者肯捧場），是桑貝之幸。瑞思爾在歐洲享譽多年，對台灣讀者而言畢竟陌生。但好作品遲早會冒出頭的。瑞思爾能不能受到台灣讀者歡迎，且讓我們拭目以待。

——二〇〇〇年三月二十四日《中國時報・開卷版》（刪節版）

——二〇〇〇年六月二十日《毛毛蟲月刊》一二一期

人性的黑洞，小說的光芒——評《洞》

表面上看，《洞》講的是一個「冤獄／越獄」的陳舊故事，但作者安排主人翁的先人曾經受到詛咒，禍延至今，巧妙地融入「神話」、「傳說」的因素，使得內容變得立體而豐富。

這部小說的架構龐大，既說「今生」，也談「前世」。然而因為作者對於「宿命」、「輪迴」等議題都只點到為止，因此穿插在小說主線中的「前代故事」，雖有哲學上的企圖，但其更大的意義毋寧更是技術上的：因為故事縱貫今古，敘述上乃得到解放，能上下古今、自由自在。

而這本書的寫作技法的確是眩人的。事實上，構思一個冤獄的故事並不困難，但能寫得扣人心弦，便要靠寫作者的真功夫。同樣是寫「冤獄／越獄」，作者說故事的才華，比諸大仲馬（《基督山恩仇記》）或史蒂芬・金（*Rita Hayworth and Shawshank Redemption*，即電影「刺激一九九五」）都毫不遜色。除了開頭幾小節為

書名：《洞》（Holes）
作者：路易斯・薩奇爾（Louis Sachar）
譯者：趙永芬
文類：長篇少年小說
出版社：小魯文化
出版日期：二〇〇〇年一月

了舖展情節而筆鋒略顯遲緩，整本書幾乎是一氣呵成的。而文中伏筆處處，更令人讀來充滿驚奇。

至於若有家長要問，為何一本講獄中（少年管訓營）生活的小說值得向青少年推薦。我想理由很簡單：因為監獄這種封閉的空間，是絕佳的人性試驗場。人性的黑暗面在本書中當然不缺，但書中所表現對於友誼、正義與勇氣的堅持，對年輕朋友來說深具意義。

人性的黑洞，卻看見小說的光芒。《洞》是一本傑作。

——二〇〇〇年四月十三日《中國時報・開卷版》

遇見兩位詩人——評《遇見詩人艾蜜莉》

這是一篇如詩的小說。寫這本小書的作者是位詩人，而這本書寫的也是位詩人。一位詩人想向另一位詩人致敬，我想不出比「寫一本書」更好的方式。

艾蜜莉・狄瑾蓀是美國十九世紀最重要的詩人之一，但她死後才成名，由於她畢生幾乎足不出戶，留下的社交紀錄不多，因而更引起後世人對她生平的好奇與想像。有關艾蜜莉・狄瑾蓀的傳記當然不少，這本《遇見詩人艾蜜莉》並非傳記，但它向讀者介紹詩人的意圖仍無庸置疑。並且，它比許多「心理分析式」的傳記有趣多了。

作者聰明地選擇一隻寄居在艾蜜莉家的小老鼠做為敘事者。因為牠只是隻老鼠，所以能自由進出艾蜜莉的房間，窺看詩人的隱私。更有趣的是，這隻老鼠也寫詩。牠讀完艾蜜莉的詩之後，會寫詩回贈艾蜜莉——這，其實就是作者伊莉莎白・史派思寫給狄瑾蓀的「和作」。

書名：《遇見詩人艾蜜莉》（The mouse of Amherst）
作者：伊莉莎白・史派思（Elizabeth Spires）
繪者：克蕾兒・尼佛拉（Claire A. Nivola）
譯者：游紫玲
文類：搭配插畫的短篇少年小說
出版社：玉山社
出版日期：二〇〇〇年一月

這本書的字裡行間處處流露深情，可見作者對艾蜜莉的喜愛；而輕快的情節推展，則展現作者說故事的能力。若作者希望讀者讀完這本書會（更）喜歡詩人艾蜜莉・狄瑾蓀，我想她是成功的。

——二〇〇〇年四月二十七日《中國時報・開卷版》

明治文人群像——評《少爺的時代》

懂一點「日本史」的人都知道，明治維新開啟了日本的「現代」。而從文學史的角度看，明治時代也是日本現代文學的首頁。

明治時代的豐富，事實上難以一言蔽之，但關川夏央說得好：「明治這個時代，還有明治人，是越學越深奧的。時代雖然在變，但不變的是，日本人精神層面的大部分，文化的特性以及近代病理的根源，這種現象還是必須回溯到那個時代才能了解。」

以《少爺的時代》為首的、這一套五冊的「文學漫畫」，基本上可稱為明治人——尤其是明治文人——的眾生相、寫真集。對明治史——特別是明治文學史——感興趣、並具有起碼認識的讀者而言，這一系列漫畫無疑是絕妙好書。但如果您不巧是明治時代及明治文學的門外漢，我建議您最好先具備一些周邊知識再來閱讀這套書，否則挫折難免。

書名：《少爺的時代》
作者：關川夏央
繪者：谷口治郎
譯者：方承易
文類：漫畫
出版社：尖端
出版日期：二〇〇〇年四月

以《少爺的時代》這本書為例，它整本書的主線是夏目漱石寫作《少爺》這本書的心路歷程。然而，書中一下子交代漱石的家居生活、一下子描繪漱石與其他文人間的交往情形、一下子又穿插進《少爺》這本小說的情節。過去與未來相互輝映，虛幻與現實縱橫交錯，敘事方式流暢、自由，又富於變化。

夏目漱石是日本最有資格稱為「國民作家」的大文豪。對日本人來說，漱石其人其書，都是相當平常的知識，因此這本書的形式再繁複，對一個日本人來說仍不算困難。但好了，如果您不是日本人，對夏目漱石不熟悉，也沒看過《少爺》這本書，更搞不清楚誰是森鷗外、通口一葉、島崎藤村、伊藤左千夫、石川啄木、國木田獨步、安重根、伊藤博文……，我相信這本書的許多好處對您都沒太大意義。

這樣一本充滿「日本文學味」的書能出現中文版，我對出版者的勇氣與熱誠脫帽致敬。但話說回來，這本書的編輯水準卻是我不敢苟同的。

首先是連篇的錯別字。將「道別」寫成「到別」，「棉花」寫成「綿花」或許都還無傷大局，但將「月薪」誤為「日薪」（頁七十七，小泉八雲的薪水），便錯得離譜了。

毫無註解是這本書第二個令人遺憾之處。這本書對於出場人物不作任何附註介紹，我認為出版者是考驗讀者的日本文學程度在先，也自棄於（不懂日本文學的）

廣大讀者在後。而書中出現這樣的句子：「她就好比是原田美枝子加石原真理子加池田理代子，再除以三的女人。」（頁一三〇，形容平塚明子）中文編者（及譯者）竟毫無一語解釋，就不禁令人懷疑編者（及譯者）毫無服務讀者的誠意了。

第三，我認為出版社還欠讀者一篇「導讀」。這篇「導讀」，不僅應儘量交代這本書的相關背景、周邊知識，更應該誠懇說明「為何這本書值得譯成中文、向本地讀者推薦」的理由。

國內出版社翻印外國漫畫，通常都只是將譯好的文字重新「貼上」原位，肯動腦筋弄點新花樣的出版社決不多。然而，這一套書不只是漫畫，更是文學作品。出版者若能念及此，編輯過程當不致如此輕率。

如果我只能以一句話來評介這本《少爺的時代》（以及這套書），我會說：對整個明治時代的歷史與文學了解得愈多的讀者，讀來收穫愈大。

但如果真的沒空研讀日本文學（史），卻又想看這套書，我真誠的建議是：至少先讀讀《少爺》吧！這本書並不長（中篇小說），卻是一部如明治時代般元氣淋漓的經典作品。我所讀過的《少爺》，以「純文學」出版的金仲達譯本最佳，但這本書或許坊間已難尋覓。若找不到「純文學」的譯本，「萬象圖書」所出版的夏目漱石作品集（共九本，包括《少爺》），也是不錯的選擇。

然則，為了讀一本書必須先讀其他好幾本書，到底值不值得？以夏目漱石之名，我願意說：「絕對值得！」

——二〇〇〇年五月十八日《中國時報・開卷版》

我的宮澤賢治・台灣的宮澤賢治

一八九六年八月二十七日，宮澤賢治出生於日本東北岩手縣花卷町（今花卷市），今天是賢治的一百零四歲生日。在今天，賢治的故鄉花卷市有為期數天的「賢治祭」，這在日本是相當著名的節慶活動，這幾天花卷市的旅館一室難求，全日本、乃至全世界的「賢治迷」都聚集在那裡。「賢治祭」的活動包括街頭戲劇（當然演賢治所寫的童話）、詩歌朗誦等等。

我不知道在座的各位對宮澤賢治有沒有任何了解，但就我自己的理解，台灣的讀者對於宮澤賢治的認識相當有限。至於原因，當然是因為宮澤賢治的中文本出版得既少、銷量也不多，並且，有系統、有計畫地出版宮澤賢治的出版行為，不過才是兩、三年前的事。

在日本，有無數的「宮澤賢治迷」，但在台灣，「宮澤賢治迷」恐怕不多。我想，「圖畫作家」舉辦「宮澤賢治月」的活動，可說是國內首見，對「宮澤賢治

書名：《銀河鐵道之夜》
作者：宮澤賢治
譯者：杜憶凡
文類：童話集
出版社：星光出版社
出版日期：一九八六年七月

迷」來說，也該算是期盼已久的盛事。尤其在今天這麼一個有意義的日子，我們不妨把這個活動當作是「賢治祭」的一部分。

一、「何時該讀宮澤賢治？」

跟賢治同行、也是童話作家的大輪茂男問過這麼一個問題：「人，應該在什麼時候讀宮澤賢治？」

其實這是個非常虛構的問題。因為在日本，宮澤賢治家喻戶曉、婦孺皆知，賢治的作品（包括詩與童話），是日本小學生的上課教材，每一個日本小孩，都是打小就讀宮澤賢治。〈不要輸給雨〉這首詩，每一個小學生都讀過。因此，這個問題是虛構的。

但對我們來說，這個問題大可一問。

就我自己來說，高中時代讀了三島由紀夫、川端康成之後，就開始喜歡上日本文學，到了書店裡，只要一看見日本作家的作品，就忍不住想看、想買，但第一次讀到宮澤賢治，卻已經是大學畢業以後了。詳細的年月我不記得，但我知道我第一次讀宮澤賢治，是一本傅伯寧先生所翻譯的《日本現代作家及作品》，這本書出版

書名：《旋風又三郎》
作者：宮澤賢治
譯者（改編）：李英茂
繪圖：黃淑英
文類：童話集
出版社：光復書局
出版日期：一九七七年十二月初版
一九八八年九月二版
一九九七年十月二版第八刷

新編世界兒童文學全集 20
旋風又三郎

於一九八七年七月三十日，出版社是「日本文摘」。傅先生當時是「日本文摘」的編輯，在該刊策劃「文藝廣場」單元，每個月介紹一個日本作家。這本書事實上也是傅先生在「日本文摘」所發表的文章的結集。

「日本文摘」是一份專業介紹「日本」的雜誌，前幾年結束營業，一共發行了一百四十幾期。不過傅先生在它結束之前很久就離開了「日本文摘」。

我在《日本現代作家及作品》這本書所讀到的宮澤賢治，包括〈不要輸給雨〉這首著名的詩，以及〈有求必應大飯店〉（更正確的譯法應是〈花樣繁多的餐廳〉）這篇童話。

宮澤賢治，是一讀就會上癮的。從此，我開始注意宮澤賢治的作品，陸續發現「星光」（《銀河鐵道之夜》）、「國際少年村」（《銀河鐵道之夜》）的版本，也在一些老書店（不是舊書店）找到「光復書局」的《旋風又三郎》。並且，我後來才發現，原來我大學時代所看過的一部卡通片《大提琴手》，原作者就是宮澤賢治。

相對於日本兒童，我當然是很晚才讀到宮澤賢治。但我仍然覺得充滿幸福。大輪茂男問「人，應該在什麼時候讀宮澤賢治？」這個問題時，其實他心中早有答案。他認為人不論何時讀（或重讀）宮澤賢治，都會有所收穫。我認為他的話很有道理，宮澤賢治確實是個老少咸宜、隨時可讀的作家。

書名：《銀河鐵道之夜》
作者：宮澤賢治
譯者（未註明）
文類：童話集
出版社：國際少年村
出版日期：一九九二年十月

二、宮澤賢治這個人

有些作家，讀他的文章可以完全不管他的生平，但要談賢治的作品，卻不能不談賢治這個人。

理由有兩個。第一，賢治這個人太精采了，他這個人本身就是一部傑作。第二，賢治的作品有相當成分（當然不是百分之百）的自傳色彩，了解他這個人，有助於理解他的作品。

賢治是個怎麼樣的人？當然我們都生得太晚，沒有人真的認識他。但透過他的傳記資料，我想像，他有底下幾個人格特質：

首先是「慈悲」。這個「慈悲」，我想與賢治的宗教信仰脫不了關係。賢治一家都是虔誠的佛教徒，因此，賢治的宗教情懷可以說是家學淵源。他有許多童話作品都流露出佛家的慈悲。譬如有一篇講「輪迴轉世」的〈雁童子〉，根本就可算是「佛教故事」。他寫過一本薄薄的小書，叫《農民藝術概論》，裡頭有這麼一句名言：「在世界每一個人尚未獲得幸福以前，個人的幸福是不可能獲得的。」當然，即使撇開宗教的觀點，說賢治是個「人道主義者」，當然也說得通。「不忍人之

書名：《銀河鐵道之夜》
作者：宮澤賢治
譯者：滕若榕
繪者：左耳
文類：童話
出版社：麥田出版
出版日期：一九九八年四月

心」，在耶穌身上也見得著。但賢治是佛教徒是個事實，他最喜歡、最崇拜的一部經典是《妙法蓮華經》。

賢治的第二個人格特質，應該是「熱情」。他不但對人熱情，對文學寫作更是充滿熱情。對人，賢治在三十歲時，就在故鄉花卷市開始指導當地農民種植花卉、鋤草、除蟲害等等。他關懷鄉土以及低階層人物的許多事蹟，在當地仍然流傳著。至於對文學創作的熱情，最好的證據就是，賢治曾經一個月內寫了三千張稿紙，平均一天一百張。日本的稿紙，一頁四百字，一百張等於四萬字。此外，據說賢治也曾一天之內寫下八百多行的長詩。賢治只活了三十七歲，但他留下的作品數量相當大，就是因為他對寫作充滿熱情的表現。

賢治的第三個人格特質，我想是「行動」。大多數的知識份子都是屠格涅夫筆下的「羅亭」，是「知識的巨人，行動的侏儒」，但賢治不是這樣。他是身體力行的行動派。他希望農民過得好，就自己下田去，跟農民一起踩大地。就像他那首〈不要輸給雨〉所描述的：「東邊有個生病的孩子，就去照顧他的病；西邊有個疲倦的媽媽，就去幫他扛稻稈子。」賢治至今受到花卷市市民的景仰、懷念，他的文學成就當然是重要的原因，但他作為一個「農民」的身分，也受到大家的認同。在花卷市，「賢治自耕之地」還保存著。我甚至覺得，這塊田地比賢治紀念館更有價

書名：《風又三郎》
作者：宮澤賢治
譯者：滕若榕
繪者：左耳
文類：童話集
出版社：麥田出版
出版日期：一九九八年四月

值、更具意義。

三、宮澤賢治的作品

至於賢治的作品，我想提出四點心得來跟各位分享。

賢治作品的第一個特色，我想談他作品的「批判性」，或者說，對不公、不義的社會的批判。在〈滑床山的熊〉這篇童話中，獵人和熊的形象都很可愛，最不可愛的，是收購熊皮的商人。賢治很瞧不起這種欺壓良民的奸商，他的童話裡，對這種人頗有批判。另一個有趣的例子則是〈貓咪事務所〉，這篇童話，很顯然諷刺的是「官僚現象」。

賢治作品的第二個特色，是具有相當的「寫實性」。賢治的作品，雖然說是幻想性的童話故事，但可以「對號入座」之處頗多。不過，這並不是說賢治的作品會諷刺某某特定人士，而該說，賢治的作品忠實反映某類社會現象。譬如〈卜多力的一生〉這篇童話一開始就講農地歉收，這跟當時日本東北的情形一模一樣；故事中間又講到主角卜多力的妹妹被人口販子帶走，這在當時的日本貧窮農村中，也確有其事。從這一點來看，賢治的作品可說是相當「寫實」的。

書名：《傳說中的廣場——波拉農》
作者：宮澤賢治
譯者：滕若榕
繪者：左耳
文類：童話
出版社：麥田出版
出版日期：一九九八年八月

賢治作品還有一個特色，就是具有豐富的「知識性」。〈銀河鐵道之夜〉這篇長篇童話，便展現了賢治淵博的天文知識；而〈卜多力的一生〉裡面談地質、談化學、談火山爆發等等，當然更是賢治的專業。賢治讀農業，所以他的作品談到農業之處，往往特別精采。現今花卷市除了有「賢治童話村」，還有一間博物館，叫「賢治の學校」，就反映了賢治作品中有豐富的知識，才會設立這麼一間以賢治作品為主題的博物館。

最後，我覺得賢治作品中的「宗教性」（佛教性）也很重要。〈滑床山的熊〉裡面，獵人對他獵到的熊說：「你大概是前世業障，今生才會當熊。我獵你也是跟你有因緣。」這是佛教「因果」的說法。而〈雁童子〉這篇童話，也可說是佛教的「輪迴」觀念的展現。

賢治的作品太多，我讀得也有限，所以只能提出這四點。不過老實說，賢治的童話非常有「魅力」。像我們讀〈銀河鐵道之夜〉，總覺得有一股淡淡的哀傷。這股「魅力」，是最難說明的地方。大家如果去讀他的作品，一定會有更大的收穫。

書名：《貓咪事務所》
作者：宮澤賢治
譯者：滕若榕
繪者：左耳
文類：童話集
出版社：麥田出版
出版日期：一九九八年十一月

四、宮澤賢治在台灣

接下來，我想談談宮澤賢治在台灣的出版情形。

「宮澤賢治最早的中文本是哪一本？」——老實說，這一點我也沒把握，只能據我所收集的資料來說。第一篇該算是收在「大眾書局」出版的《日本童話選集》裡的〈吩咐多的餐館〉。這本書初版於一九八四年一月。書裡的所有作品，其實都是日本相當有名的童話，但可惜的是，既未標明原作者，也未註明翻譯者。

〈吩咐多的餐館〉是賢治一篇著名的短篇童話，非常有趣的是，我手邊的三本收錄有宮澤賢治作品的「日本作品選集」——《日本童話選集》、《日本現代作家及作品》、《大師小品——日本短篇精典》——中，所收錄的宮澤賢治都是這一篇。不過這三種譯本的篇名譯得都不一樣，一個是〈吩咐多的餐館〉，一個是〈有求必應大飯店〉，一個則是〈奇怪的料理店〉。不過依我的看法，這三種譯法都不及滕若榕翻譯的〈花樣繁多的餐廳〉（收在《風又三郎》，麥田出版）來得貼切。《日本童話選集》、《日本現代作家及作品》及《大師小品——日本短篇精典》這三本書，如今都已絕版。

書名：《攣生星子》
作者：宮澤賢治
譯者：郭美惠
繪者：左耳
文類：童話集
出版社：麥田出版
出版日期：一九九九年一月

至於單行本的宮澤賢治作品，第一本我想「可能」是「星光」出版的《銀河鐵道之夜》，這本書出版於一九八六年七月；第二本則是「光復書局」的《旋風又三郎》，這本書的最初的出版日期其實我不清楚，我見過的是一九八八年九月的版本，但它版權頁上寫的是「改版」，而非「初版」。可見這本書更早以前曾經以別種版本出版過，說不定比「星光」版更早。這兩本書如今也都絕版了。

目前市面上可以見到的宮澤賢治作品，其實只有六本。一本是「國際少年村」的《銀河鐵道之夜》，另外五本則是「麥田」出版。這六本，要找到並不難。

「國際少年村」的《銀河鐵道之夜》初版於一九九二年，原本也幾乎在書市上絕跡了，但今年二月他們將這本書重新改版，把開本、封面都換了，不過內容未變。這本書的三篇作品——〈葛斯克．布德里的傳記〉（即〈卜多力的一生〉）、〈雁童子〉、〈銀河鐵道之夜〉——都很精采，是我最想推薦給大家的一本。

最晚出的當然就是「麥田」所出版那五本。兩年前，「麥田」在幾個月之內密集推出五本宮澤賢治，可以說是相當有心的。

有一點我特別要提出：宮澤賢治的作品，在日本改編成繪本的很多，但這些繪本都尚未翻成中文在台出版。對喜歡賢治作品的人來說，這毋寧是比較遺憾的一點。

五、結語

最後我想說，宮澤賢治雖然沒活得很久，但他留下的作品非常多。他二十五歲才開筆，三十七歲就過世，總共寫了十二年。日本「筑摩書房」出版的「宮澤賢治全集」有十二大冊。相較之下，他的中文翻譯真的少得可憐。我們都是管中窺豹、霧裡看花。尤其我這個講者，讀得這麼少，講得不對的地方一定很多，只有請求各位多多包涵了。

作者按：二〇〇〇年八月二十七日我在台北「圖畫作家」做了一場關於宮澤賢治的演講，本文即是當時的演講內容整理。當然，這是刪節版。這十幾年來，宮澤賢治在台灣的譯本已經不少，當年演講時的觀點有許多都該修正了。但回頭修正舊作也很奇怪，乾脆刪去一些不合時宜的內容——但願這篇殘缺的舊稿對讀者仍有意義。

——二〇〇〇年十月二十日《毛毛蟲月刊》一二五期

讓孩子期許未來的自己——評《為什麼孩子要上學》

儘管大江健三郎有不少作品以小孩為主角（如〈飼養〉、《拔芽擊仔》），但大多數人都會同意：大江的小說世界深邃幽遠，很難成為孩子的讀物。這一點，我想大江自己也有體會。但這位文學大師偏偏酷愛馬克吐溫及《尼爾斯奇遇記》（瑞典童話），為孩子寫書的念頭始終在腦海中徘徊不去，當新世紀來臨，終於，他寫出這本《為什麼孩子要上學》。

為孩子寫書不是件容易的事，但這本書確實寫得成功。大江健三郎收起他一貫的滔滔雄辯，轉成談天說地的語調。閒談中有鼓勵、有智慧，亦不乏風趣。雖是一位老先生要送給這一代日本孩子的叮嚀，只因作者是大江，一切便有所不同。為什麼孩子要上學？人為什麼要活著？想要變成怎樣的人？……這些乍看之下平凡無奇的提問，大江卻能鋪陳出一篇篇上乘的散文。

舉例來說，〈某間中學的課〉的第二小節談到「習慣」。明明要說的是自己「寫文章」的習慣，但大江先是有點岔題地提到抽菸跟刷牙，幽默地要做父親的戒

書名：《為什麼孩子要上學》
作者：大江健三郎
譯者：陳保朱
文類：隨筆集
出版社：時報文化
出版日期：二〇〇二年八月

菸，同時自嘲小時候沒有養成刷牙的習慣，最後才歸結出「運動練習可以鍛鍊肉體，而修改文章的練習可以鍛鍊精神」，既畫龍點睛，又寓教於樂。

而〈人流之日〉裡，大江回憶兒時在大水災中看見的勇敢少女，激流中毅然從一個屋頂跳到另一個屋頂的景象。篇末大江感慨「自己也會遇上某個必須拼老命的時刻吧！這時候，能不能像那位少女一樣漂亮地完成？」如果不是大江，這樣的感慨其實是廉價的。但熟知大江其人其行的讀者，卻正可藉此窺見這一位知識份子風骨的養成過程。

說得清楚一點，大江寫這本書的用意是希望提醒新一代的日本孩子期許未來的自己，但卻無意間——事實上也避不開——暴露了他培養自己的過程。

這本書為（日本）孩子而寫，但適合的讀者不限於此。熟讀大江健三郎的讀者，可以從這位「森林之子」的童年回憶追溯他的思想源頭。而對大江尚不熟悉的讀者，相信這本書也會帶給他們想進一步認識大江的契機。

本書的書名原為《在自己的樹下》，「自己的樹」這個意象在不同章節出現，既富詩意，又具貫串全文的妙用。出版社逕以首篇〈為什麼孩子要上學〉做為中譯書名，吾未見其明也。注釋也有小瑕疵，如「蘭學」的「蘭」應指荷蘭，而非葡萄牙。

——二○○二年九月十五日《中國時報開卷版》

足金的兒童生活故事——評《洛克貝！等一下》

兒童故事要如何寫，說來簡單：只要創作者仔細觀察兒童的生活、貼近兒童的心靈、模擬兒童的語言，就能寫出好作品。然而，成人作家畢竟遠離童年久矣，再怎樣試圖保持（或尋回）童心，總難免在字裡行間洩漏自己的「成熟」。我們看到的（較差的）兒童故事，往往是在結構嚴謹、思考縝密的文章中，穿插幾句像模似樣的童言童語。所謂「謀句容易謀篇難」，這種演化不完整的兒童故事讀來讓人覺得「假假的」，原因就在這裡。

《洛克貝！等一下》收錄了灰谷健次郎的八篇兒童故事，篇篇精采可讀。他最迷人的魅力，在於他的兒童故事已全然擺脫大人的思考，是足金的兒童故事。不但口吻是兒童的、情節是兒童的，連思想也是兒童的。有幾篇交代得不太通順（如〈從沒被罵過的孩子第一次被罵的經驗〉），但奇妙的是，這卻又恰好呼應了敘述者的身分——如果故事講得太流暢，恐怕反而是敗筆了。就這點看，灰谷健次郎該

書名：《洛克貝！等一下》
作者：灰谷健次郎
譯者：許慧貞
文類：短篇兒童故事集
出版社：新雨出版社
出版日期：二〇〇三年八月

是有志從事兒童文學創作者學習的榜樣。

話說回來，我畢竟是成人讀者，得多想一層才能領略灰谷健次郎的好（雖然這並不難）。但對兒童讀者來說，應該毫不猶豫地只會覺得親切吧！

灰谷健次郎是享譽日本多年的兒童文學大家，這兩年新雨出版社連出了他幾本書，無疑是日本兒童文學愛好者的福音。但中譯本的包裝似未針對兒童讀者設計（這或許與出版社未開闢兒童書系有關），這有點可惜。別的不說，訴求的讀者群很可能因此從兒童變為成人。雖然這些故事老少咸宜，但想來灰谷健次郎寧願多一點兒童讀者，而不是成人讀者吧！

——二〇〇三年九月二十一日《中國時報開卷版》

見山又是山——讀《丁丁歷險記》的三種經驗

不只一次聽見人說：「從小就喜歡《丁丁歷險記》（*Les aventures de Tintin*）。」對這句話，我保持懷疑的態度。原因是：我雖相信說這句話的人從小就讀《丁丁歷險記》，但不相信他對《丁丁歷險記》的喜愛從不曾動搖！

我自己當然也是從小就讀《丁丁歷險記》的人，也確實喜歡過丁丁好一陣子。丁丁是智仁勇俱全的童子軍，我想沒有一個兒童不喜歡這樣的英雄形象。

但隨著自己的成長，我漸漸了解，作者艾爾吉（Hergé，一九〇七—一九八三）是帶著一幅有色的白人眼鏡在看這世界。他筆下的非洲、美國中西部、上海、西藏，都是經過扭曲的「第三世界」。

請容我借用漢娜・鄂蘭（Hannah Arendt，一九〇六—一九七五）的說法：「第三世界」是一種意識型態名詞，是「第一世界」白人貼給其他發展較落後的國家的標籤，用意在喚起使用這一名詞者自身的「異國情調」與優越感。

書名：《丁丁在剛果》（Tintin au Congo）
作者：艾爾吉（Hergé）
譯者：桑希薇、唐立中
文類：漫畫
出版社：時報文化
出版日期：一九九六年二月

丁丁是聰明而英勇的，但他的聰明、英勇是對照「第三世界」人民的無知、無能來表現的。

丁丁系列的第一集《丁丁在剛果》（*Tintin au Congo*）（註）描述丁丁在剛果獵獅、獵豹、獵蟒蛇、獵鱷魚……乃至獵大象。姑且不論這些動物如今成為保育類，早已禁止獵殺。但艾爾吉所描寫的土著黑人，對這些野獸是畏懼有加的。獨獨丁丁這位「外來者」，神乎其技地以其機智及先進武器制服了這些猛獸。黑人土著因此跪地臣服，大呼：「你是好白人！我們請你當部落大王……」

曾經有一陣子，我對這樣的丁丁十分反感。那時候，見山不是山，見水不是水，見到丁丁只看見一個高傲的比利時白人！

能平心靜氣看丁丁，是讀過幾次康拉德（Joseph Conrad, 一八五七—一九二四）之後的事。

眾所週知，原籍波蘭的康拉德在英語文學史——乃至於世界文學史——上具有不可動搖的地位，是二十世紀名列前矛的小說大師之一。然而即使是大師，我們今天看他的《黑暗之心》（*Heart of Darkness*, 一八九九）等以非洲大陸為背景的名著，仍能發現小說家筆下的奇人異事難脫「為討巧讀者而扭曲現實狀況」之嫌。當然，康拉德不見得有意扭曲現狀，比較客觀中性的解釋是：身為「他者」，總難以擺脫自身的角度看世界。而「他者」看到的世界，自不免與現實有所距離了。

我是喜歡康拉德的。因為喜歡，因而能體諒他的「失誤」，從不曾覺得康拉德犯了什麼大錯誤。

時間靜靜流去。有一次，我跟朋友聊到丁丁。一開始我仍對丁丁不以為然，抨擊著他令人作嘔的歐洲白人優勢。但聊著聊著，我忽然想起康拉德。這才感到，我是不是對艾爾吉太過苛求了呢？會不會是我的愛之深，才導致責之切呢？批判丁丁的我，難道沒有自身心智、知識與時代的侷限嗎？

和朋友分開後，我衝回家把書櫃角落裡的《丁丁歷險記》拿出來，重讀了一遍。這一次，見山又是山了。我不僅看到丁丁人性中美好的一面：勇敢、機智、愛冒險、富正義感、捨己利他……，也看見，當初單純喜愛著丁丁的、童年的自己。深深感覺，有《丁丁歷險記》這樣一部書陪著度過童年，甚至度過一生，是一件多麼幸福的事啊！

——作於二〇〇七年七月一日，曾於網路發表

註：《丁丁在剛果》曾三次出版：一九三一年第一次出黑白版，一九四六年彩色重畫，一九七五年內容部分改動。

輯四

關於繪本的思考

在繪本與小說之間

繪本做為一種文類，其必要條件乃是圖畫（圖像），而非文字。繪本的文字通常都不多，因為圖像本身即能負擔「說故事」的任務。因此我們甚至也看得到完全無字的繪本。而無字的繪本因為少了文字的限制，反而可讀出多種故事（換言之，不同的讀者讀到的故事可能不盡相同）。也有人認為「無文字的繪本」是繪本藝術的最高境界。

然而，卻也有一些繪本反其道——「繪本仰賴圖像說故事」這個「道」——而行，在繪本中夾帶大量的文字。文字量多到讓人讀來覺得不像是繪本，而像一篇「附有豐富插圖的小說」。

小說也有這種「變種」的情況。所謂「插圖」，顧名思義是陪襯小說而存在的；一般的情況下，讀者想看的是小說，而非插圖。但有一些小說中的插圖，卻硬是繁複精彩到令人無法忽視的地步。

當繪本附有大量文字，或小說夾帶多數插圖時，區分文類不僅困難，有時候甚至也令人懷疑有無必要。

或者換個角度思考：小說與繪本雖是不同的文類，但文類之間的界限並非涇渭分明、牢不可破。

如果是國外的作品，就出版工作的實際運作來看，當一本繪本在國外獲得成功，而國內出版商決定將它引進時，即使編輯看出它「文勝於圖」，若非有絕大魄力，恐怕也不敢、不肯讓它以「附帶插圖的小說」的面目問世吧？反之亦然。

我更有興趣的是國內自製的作品。當一位編輯收到一部「文圖並茂」的稿件時，是否想過它可以以兩種不同的面貌——「附插圖的小說」及「多文字的繪本」——呈現呢？同一作品，兩種包裝，且不說能吸引不同的讀者群，同一位讀者讀這兩種「版本」的作品時，感受也必大不相同。

要看到這樣的出版品，我知道靠的決不只是作者、繪圖者的努力，而更該期待的是編輯的魄力與出版商的好奇心。

但無論如何，我期盼這樣的作品出現。

——二〇〇〇年三月二十日《毛毛蟲月刊》一一八期

繪話連篇一：對稱之書

余嗜讀繪本，時有意會。暮春得閒，因仿詩話體例，隨筆輯錄，連綴成篇。雖似漫無主題，箇中自有肌理。海內博雅君子，幸垂教焉。

Chris Raschka的“Yo! Yes?”是一本對稱完美的書。

這本書有兩個角色，從封面到封底，以及內文的每一頁，兩人所佔的篇幅以及科、白的份量都對等。

一開始是各佔一頁，互不侵犯，因為那時兩人還不是朋友。不過是不是朋友並不影響兩人的對稱。一方有來言，另一方就有去語。這個「有來有往」的形式貫串整本書，從頭到尾沒有例外。倒數第四頁右者說了一句大大的「Yes!」，左者小黑人本來沒對白可說，可作者硬是給他來一句「？」（倒數第五頁）。為何要這樣處理？我認為是為了對稱。

書名：Yo! Yes?
作者：Chris Raschka
文類：繪本
出版社：First Orchard Paperbacks edition
出版日期：一九九八年

而第八頁小黑人有一句「You!」，動作是伸出右手，指向右者。幾頁之後——第二十五頁，也恰巧是倒數第八頁——右者也回他一句「You!」，動作一樣是伸出右手，指回小黑人。這是什麼道理？當然也是為了對稱！

這本書唯一對稱被打破的畫面，是倒數第二、三頁。故事走到那裡，事實上也已近尾聲。小黑人新交了右者為友，將右者拉過去他那一頁，平衡竟霎時打破了。噫！悲哀啊！叔本華曾說人類像刺蝟，離得太遠彼此會冷，靠得太近又會互相傷害。兩人雖然成為好朋友，但那一個跨頁的色彩並不亮麗，淡黃色、灰色及黑色佔據了絕大視線，有沒有人因此而擔心他們日後的友誼發展呢？

回到構圖上來說。小黑人將右者拉到左邊，看來十分自然，事實上，也只有他將右者拉到左邊才會自然。因為這本書是西式裝訂，由右向左翻。如果是右者將小黑人拉到右邊，翻過一頁視覺上會覺得彆扭。因為翻過一頁，已是最後一頁。這最後一頁在左，而不在右！

但無論如何，最後一頁二人平分畫面，又是一個對稱了。

交朋友並不容易，與人交往又能保持彼此的平衡、對稱更是種藝術。若從這點切入，那這本書就不僅是一本「對稱的書」而已，它更是一本「談對稱的書」。

這本書的對白極簡，但添一字就嫌過多。書中的右者看不出是白種人或黃種人，唯可確定與小黑人不同種族。是因為他們種族不同、對彼此的語言不熟，所以才「吉人之辭寡」嗎？這似乎也是一種解讀方式。

本書暫無中譯本，我也懷疑有人能將它譯好。事實上許多繪本的譯文都欠佳，不過這是另一個問題了。

——二〇〇三年五月二十日《毛毛蟲月刊》第一五六期

繪話連篇二：繪本說相聲

"Yo! Yes?" 的角色只有兩個人，故事的進行是透過他們的對話開展的，這有點像是中國的相聲。不過這本書的對話是罕見的少，兩人根本不曾抬槓，說他們在說相聲似乎有點勉強。

但繪本說相聲的例子其實不少，艾諾・洛貝爾（Arnold Lobel）的《青蛙和蟾蜍》（*Frog and Toad*）系列與詹姆斯・馬歇爾（James Marshall）的《喬治和瑪莎》（*George and Martha*）系列都是精品。先看下列這一個段子：

甲：唉～～

乙：喲，喲，我說這是怎麼了？青天白日的，嘆啥子氣呢？

甲：唉！不瞞您說。真煩哪！一屋子亂七八糟，收拾也收拾不完。

乙：就為這個呀！對！一點兒也不錯！（對觀眾）他那屋子我剛去過，確實

書名：《青蛙和蟾蜍——快樂時光》
（Days with Frog and Toad）
作者：艾諾・洛貝爾（Arnold Lobel）
譯者：黨英台
文類：繪本
出版社：上誼文化
出版日期：一九九〇年九月

不敢領教！

甲：甭說了！我已經決定明天來個大掃除了。

乙：明天？幹嘛等明天呢？

甲：因為今天我要輕鬆自在的過一天。

乙：可您今天怎麼辦？看著滿屋子凌亂，您不難過嗎？

甲：一天而已嘛，忍一忍就過去了！

乙：忍？瞧，您的長褲和外套都掉在地板上了。

甲：明天撿啦。

乙：您的洗碗槽裡，髒盤子、髒碗都堆滿了。

甲：明天洗啦。

乙：您的椅子上好多灰塵哪！

甲：明天撢啦。

乙：您的窗戶也該擦一擦了。

甲：明天！

乙：您的花啊、草啊也該澆一澆水了。

甲：明天！

乙：您的……

甲：明天！

乙：您……

甲：（大聲）我明天都會做啦！討厭！

乙：（不解）怎麼呢？

甲：心情壞透了。

乙：為什麼呢？

甲：我在想明天。

乙：明天怎麼了？

甲：我在想明天要做那麼一大堆事情。

乙：是啊，明天可夠您累的了。

甲：不過呢，要是我現在就把我的長褲和外套撿起來，明天我就不必撿了，對不對？

乙：對啊，這樣明天您就不必撿了。

甲：要是我現在就把碗盤洗好，明天我就不必洗了，對不對？

乙：對啊，明天您就不必洗了。

甲：要是我現在就撢掉椅子上的灰塵，擦了我的窗戶，澆了我的花草，明天我就不必做這些了，對不對？

乙：對啊，明天您一樣也不必做了。

甲：好了，現在我覺得好些了，心情一點兒也不壞了。

乙：可不是嗎？今日事今日畢嘛！

甲：好了！我已經把該做的事情都做完了，這樣我可以利用明天的時間，做我真正想做的事情。

乙：那您明天想做什麼呢？

甲：我明天……

乙：嗯？

甲：明天……

乙：啊？

甲：（鄭重地）明天，我只想輕鬆自在的過一天。

乙：嘿！

甲：（報自己名字）×××！

乙：（報自己名字）×××！

甲&乙一同：下台鞠躬！

這一小段相聲改編自艾諾・洛貝爾《青蛙和蟾蜍——快樂時光》（*Days with Frog and Toad*）裡的〈明天〉（Tomorrow）。而這「改編」，除了增加一些強化表情的虛字與承上啟下的連接詞之外，幾乎不費力氣。

相聲主張「說、學、逗、唱」，繪本無聲，要表現「唱」似乎不可能，但「說」卻大有機會。繪本裡角色的對話就是「說」。青蛙和蟾蜍（或喬治和瑪莎）都是透過兩位角色的不斷抬槓才開展劇情的，這不是「說」是什麼？

至於「學」跟「逗」呢，我認為該到圖畫部分去找。

讓我們再以〈明天〉為例說明。《青蛙和蟾蜍——快樂時光》的第十三頁共有三幅小圖，從上而下分別畫的是：蟾蜍拿撣子撣沙發／蟾蜍擦窗戶／蟾蜍拿花灑澆花。而文字恰恰是說「於是蟾蜍撣掉椅子上的灰塵，／擦了窗戶，／澆了花草。」我們可以想像，如果是在舞台上說相聲，蟾蜍必定是一邊說著文字的對白，一邊做出圖畫上的動作。動作的表現，戲劇上稱為「科」。而從相聲的角度看，「學」跟「逗」都屬於「科」。

當然，「學」是有對象的，若我們不知對象，相聲演員表演得再好我們也無法領會，因為我們不知道他在學什麼？而「逗」通常也必須跟觀眾互動。閱讀畢竟是單向傳播，少了觀眾（讀者）的回應，作者就算想逗也不知從何逗起。這兩點，我一時還難找到好作品來對應。

繪本原本就是外來的洋玩意兒，但想要讓它本土化的人並不少。創作上要展現民族色彩比較容易，事實上也已經有不少佳作。但繪本研究能否融入民族特色？這是個大可一問的問題。相聲跟繪本是各自獨立的藝術，我用相聲理論說繪本，除了博君一笑，也希望有心人能注意由此開發繪本批評語彙與批評方法的可能性。

——二〇〇三年五月二十日《毛毛蟲月刊》第一五六期

繪話連篇三：不動的鏡頭裡變動的風景

最早的電影，公認是一八九五年法國盧米埃兄弟的《火車進站》，至今不過一百年餘。在人類史上，電影算是年輕的藝術。

繪本的歷史其實也不長。如果不算十九世紀之前那些「附插圖的故事書」，現代繪本一般會從一九〇二年波特女士（Beatrix Potter）的《小兔彼得的故事》（*The Tale of Peter Rabbit*）系列算起。這樣一來，繪本其實比電影小了幾歲。

談繪本，許多人喜歡借用電影理論。的確，電影與繪本頗有共同之處。雖然它們相異之處更多，但借用電影理論談繪本者不可能強調這部分。

一九四二年，維吉尼亞・李・巴頓（Virginia Lee Burton）的《小房子》（*The Little House*）一出，迅速成為經典。其最令人津津樂道的就是它那幾乎不動的鏡頭——除了最後三頁的「小房子搬家」。

不動的鏡頭裡，變動的是風景。小房子垂拱而治，讓風景演出、讓時間說話

書名：《小房子》（The Little House）
作者：維吉尼亞・李・巴頓（Virginia Lee Burton）
譯者：林真美
文類：繪本
出版社：遠流出版
出版日期：一九九六年九月

——這是維吉尼亞・李・巴頓的創意。而這個不動的鏡頭是個大遠景，更呼應了它「史詩」巨構的特色。根據電影理論，大遠景鏡頭能給予觀眾宏偉、狀闊、客觀的感受，因此最常見於「史詩電影」，如西部片、戰爭片、武士片及歷史片。

想像一下，如果《小房子》不是通篇使用大遠景鏡頭，而多用中景（讓小房子佔據畫面的一半）或甚至特寫（強調小房子的某一部分，如煙囪或窗戶），那這本書絕對沒有目前的氣勢。

《小房子》的文字也是一流，從頭到尾敘述者保持相當冷靜的語調，安穩、沉緩、優雅，彷彿訴說一則流傳久遠的故事。這，自然也是《小房子》的成就之一。但這裡想講的是圖畫部分，恕我直言：這些優美的文字即使全部去掉，也無礙《小房子》的完整，以及，豐富。

不信嗎？「不動的鏡頭」這一招，三十年後被約克・米勒（Jörg Müller）的《挖土機年年作響——鄉村變了》（一九七三）沿用了。而這本書，恰恰就是本無字繪本！

當然，《挖土機年年作響》絕非了無新意，但它的創意不在鏡頭，而在分頁。要知道，一本書的裝幀方式，就是它的敘述方式。《挖土機年年作響》的形式是七張未裝訂的大圖畫，這種裝幀方式無形中把「一則流傳久遠的故事」拆解了。《小

書名：《挖土機年年作響——鄉村變了》
作者：約克・米勒（Jörg Müller）
文類：無字繪本
出版社：和英出版社
出版日期：二〇〇〇年七月

房子》若是長篇史詩，《挖土機年年作響》就是七篇短篇小說連作。七篇短篇小說可單獨看（這是《挖土機年年作響》比《小房子》「前進」的地方！）、七張圖也可以分開貼（一如約克・米勒另一本書《發現小錫兵》裡的小孩所做的），但既然是「連作」，一併合看便成為長篇。

回到鏡頭上來說，《挖土機年年作響》清清楚楚只有七個鏡頭——七個不動的鏡頭，變動的仍是風景。就這一點而言，它壓根兒就是一部「去掉文字的《小房子》」！

喔！我當然不是說約克・米勒抄襲維吉尼亞・李・巴頓。在電影裡，我們會稱這是一種「致敬」（Homage）——一如成龍之於哈洛・洛依德（Harold Lloyd）或昆汀・塔倫堤諾（Quentin Tarantino）之於吳宇森。

"Yo! Yes?" 的角色只有兩個人，故事的進行是透過他們的對話開展的，這有點像是中國的相聲。不過這本書的對話是罕見的少，兩人根本不曾抬槓，說他們在說相聲似乎有點勉強。

——二〇〇三年六月二十日《毛毛蟲月刊》第一五七期

書名：《發現小錫兵》（Der standhafte Zinnsoldat）
作者：約克・米勒（Jörg Müller）
文類：無字繪本
出版社：和英出版社
出版日期：二〇〇〇年七月

繪話連篇四：剪接，以及鏡頭的長度

電影是鏡頭與鏡頭間構築並列的藝術，許多電影人也認可剪接大師普多夫金（V. I. Pudovkin）的名言：「電影藝術的基本就是剪接。」電影說故事的方式不必然就是故事發生的時序。電影中表示過去回憶的倒敘（flashback）鏡頭，或象徵宿命、敵意的前敘（flash-forwards）鏡頭，在在可見。電影是拍出來的，但更是剪出來的。

電影影響繪本創作，這無庸置疑，看多了繪本，不難發現許多繪本名家都是剪接高手。繪本的剪接，具體來說即是分頁及分圖，這當然是繪本作者創作時最注意的地方之一。但繪本的剪接權只能在作者嗎？當然不！《挖土機年年作響》就是個例外。

讓我再說一次：一本書的裝幀方式，就是它的敘述方式。《挖土機年年作響》是未裝訂成冊的七張圖，這七張圖雖有編號，也標有年代，但既然未裝訂，我們無妨將之解釋成「作者自願釋出剪接權」。讀者若未將這七張圖依序閱讀，想來作者也不介意，甚至會將這樣的讀者視為知音也說不定。而如果我們打破《挖土機年年作響》

七張圖的故事順序，重新排列，我們將可在每一次的排列中獲致新的文本。這時，約克・米勒當然還是導演兼攝影，但讀者自觀眾席上僭位了，擔任起剪接及編劇。

剪接是鏡頭的構築並置，但有一個問題要問，就是鏡頭的長度。事實上，電影的「動」是一種幻象。電影是每一秒二十四格的靜止畫面快速放映所造成的幻象。我們覺得電影會「動」，是一種視覺暫留（persistence of vision）的作用。

且讓我們再以《挖土機年年作響》為例。如果某甲每秒鐘看一張圖，那麼這本書的「放映」時間只需七秒——這比一般的電視廣告的長度還短。而如果某乙每一分鐘看一張圖，那麼他看到的便是一部七分鐘的短片。

又譬如，某甲先看第七張圖五秒，再看第二張圖三分鐘，再看第四張圖七秒，然後是第五張一秒、第六張八秒、第三張六秒、第一張一分鐘。而某乙的閱讀順序是：第四張圖六秒、第六張圖一分鐘、第一張圖三分鐘、第二張圖七秒、第七張圖十五秒、第三張圖二十七秒、第五張圖二十秒。那麼，你認為他們看到的是同一本《挖土機年年作響》嗎？

覺得複雜嗎？不！不！一點都不複雜！《挖土機年年作響》是一本分鏡簡單到極點的書，我還沒談那些分鏡細膩、取景刁鑽的呢！

而《挖土機年年作響》也是一部無字繪本，我還沒談那些文圖並茂的書呢！談有字繪本，勢必牽涉到文字的演奏——同一首曲子，每個演奏家演奏的長度都不相同；甚至，一位演奏家演奏同一首曲子，也不會每次相同。

再回到電影剪接上來說吧。一九三〇、四〇年代，是美國片廠製片的黃金年代。當時片廠老闆權利之大，非今日能想像。導演為片廠拍戲，有時得簽下合約，同意只做初剪（first cut），定剪（final cut）的權利在片廠。而片廠老闆往往有信任的剪接班底。那個年代，剪接師的地位不見得比導演低。自一九六〇年代「作者論」提出之後，導演身居電影最重要的創作者已無爭議。如今我們看電影，除了演員，最先注意的便是導演。通常我們不會注意剪接者是誰。但話說到底，不是每一個導演都懂剪接，也不是每個好導演都能遇到好剪接。

看見一本畫圖精美的繪本，分頁、分圖卻拙劣彆扭，那感覺，大概就和看到一部拍得不錯的片子被剪壞一樣吧！

——二〇〇三年七月二十日《毛毛蟲月刊》第一五八期

繪話連篇五：繪本演奏的速度、長度與節奏

同一首曲子，每個演奏家演奏的長度都不相同；一位演奏家演奏同一首曲子，也不會每次相同。——這是很普通的常識。

朗讀繪本，常以「演奏」來形容。這是把繪本比喻為樂譜，把朗誦者比喻為樂手。但繪本畢竟並非樂譜，演奏繪本時，如何掌握速度、長度與節奏？

或者讓我們先不談朗讀或演奏，光談「閱讀」就好。不同的人閱讀同一本繪本，花的時間會一樣嗎？

答案當然是否定的！有些人讀得快，有些人讀得慢。閱讀的速度由讀者掌握，而非作者。

繪本作者若想掌握讀者閱讀的速度，我能想到的方法，只有做成動畫。動畫（或影片）之所以會動，是一種視覺暫留的錯覺。一秒二十四格底片的播映，等於強制觀眾／讀者一秒「閱讀」二十四張畫面。

書名：《微笑的魚》
作者：幾米
文類：繪本
出版社：玉山社
出版日期：一九九八年八月

不同的讀者閱讀幾米的《微笑的魚》（一九九八），用的時間都不一樣。但所有人都花同樣的九分四十九秒來觀賞改編自《微笑的魚》的動畫（石昌杰、林博良、段奕倫，二〇〇五）——不會有人故意把影片的播放速度加快或放慢吧？

然而，繪本作者對於讀者的閱讀速度果真無法干預嗎？也不盡然。作者或許不能規定讀者該花多少時間，卻可提示閱讀的節奏。雷蒙・布力格（Raymond Brigges）的《當風吹來的時候》（*When The Wind Blows,* 一九八二）是絕佳的例子。這本繪本有特殊的節奏配置。它主要由兩種風格化的畫面交叉組成：一種是漫畫，一種是跨頁。

在一頁的空間中，若以漫畫的形式進行分鏡，則一頁可再切割成數十個畫面。而跨頁，是把兩頁的空間合併為一，讓單一畫面佔據一頁的兩倍空間。雷蒙・布力格以這樣的形式完成繪本，他想提示的，難道不是一種閱讀的節奏嗎？閱讀漫畫時，不妨快速走馬；但遇到跨頁，則請停步沉思。

《當風吹來的時候》恰巧也像《微笑的魚》一樣，曾被製成動畫。可惜的是，雷蒙・布力格節奏分明的紙上分鏡，在村上・吉米（Jimmy T. Murakami，一九八六）的動畫中完全瓦解了。觀眾自始至終看著雷同的鏡框，無法領略原著大（跨頁）小（漫畫格）畫面交錯的強烈對比。原著中的跨頁，包括核彈、戰鬥機

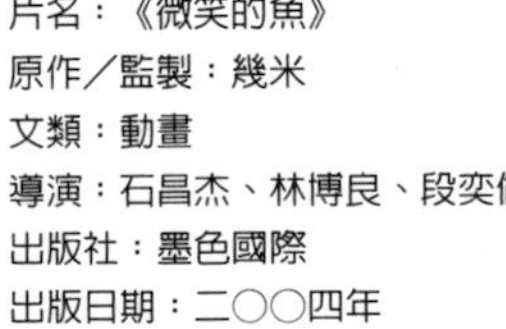
片名：《微笑的魚》
原作／監製：幾米
文類：動畫
導演：石昌杰、林博良、段奕倫
出版社：墨色國際
出版日期：二〇〇四年

群、潛水艇及核爆場面（以留白的方式表現），這幾個鏡頭，在動畫中並未被特別強調。它們所佔的時間長度，跟漫畫裡的一小格等同。這樣的改編，真是可惜了！

閱讀《當風吹來的時候》，宜配合原作的節奏。但演奏（朗讀）呢？我懷疑有多少演奏者能體會雷蒙・布力格的用心，在遇到跨頁時沉緩語氣、低聲模糊，讓樂音恍如傳自遙遠的地方……

我不禁幻想，會有繪本作者為了演奏者（朗讀者），在繪本上註記音樂記號，譬如「快板」、「中板」或「行板」等。果真如此，繪本將更像樂譜；而「繪本演奏」一詞，就不僅是一種形容而已了。

——二〇〇九年十二月《毛毛蟲月刊》第二一〇期

書名：《當風吹來的時候》（When The Wind Blows）
作者：雷蒙・布力格（Raymond Brigges）
譯者：漢聲雜誌
文類：繪本
出版社：英文漢聲出版
出版日期：一九九一年十二月

繪話連篇六：向左翻？向右翻？

——關於創作東方色彩繪本的提醒

幾米的《向左走・向右走》（一九九九）在出版前，曾有編輯反對這個書名，理由是擔心有讀者會聯想到左派右派，誤以為這是本講政治的書，但幾米堅持用這個書名。如今這本書已成台灣繪本的經典，可證幾米的堅持是對的。不過，我倒不認為這也表示曾提反對意見的編輯就不對，畢竟現今大多的台灣人對政治都極其敏感，身為編輯不能不有此顧慮。

這篇繪話不是要談幾米，唯題目跟幾米的書名相似，所以先說一段八卦。以下言歸正傳。

絕大多數的繪本都採左翻，也就是西文書的裝訂法，大家習以為常、甚至認為理所當然，畢竟繪本原是西洋的產物。但不知有無人反省過，採左翻其實與固有的中文書右翻傳統相悖。

中文的書寫傳統是由上而下、由右至左，故採右翻裝訂是中文書的固有形式。若從先秦的竹簡算起，這個傳統已延續兩千多年了。但這傳統在這幾十年受到挑戰，現在中國大陸九成九的書是左翻，因為中共建國後將中文書寫方式「西化」，變成由左至右的的橫式書寫。而在台灣，橫排左翻的書在戒嚴時期並不多——誰都怕一不小心被戴上「與中共同路」的紅帽子！解嚴後西式橫排的新書逐漸成長，如今就量而言，已跟中式直排的書分庭抗禮了。

左翻裝訂及橫式書寫便於與西方接軌，這是顯而易見的，起碼中文夾雜英文時，不必時常轉動書籍來閱讀。但繪本創作者如果因為「便於與西方接軌」的理由而採取左翻裝訂、橫式書寫，我會覺得悲哀。

容我先岔開來，談一下漫畫。漫畫與繪本有相同之處——它們都是文字結合圖像的創作。西文（如英文、法文等）漫畫都是左翻的，但絕大多數的中文、日文漫畫卻是右翻的，保留了中文、日文書的固有傳統。而當中文、日文漫畫翻成西文時，有兩種處理方式：一種是將原稿整個正反顛倒，讓右翻變成左翻；另一種則保留原有的右翻裝訂。當然，這兩種裝訂法，畫框裡的文字對白都是橫式書寫——畢竟西文沒有由上而下、由右至左的書寫傳統。

動作少的中文、日文漫畫正反顛倒來翻印不成問題；但強調動作的漫畫一般不會採取這種翻印方式，而會保持右翻。譬如棒球漫畫，一旦為了配合西洋人的閱讀習慣而將原稿正反顛倒，右翻書變成左翻書之後，左投手變成右投手、右打者變成左打者，麻煩更大。

翻成西文卻保留右翻的漫畫，一開始讀或許彆扭，但它提供給西文閱讀者一種貼近原作的fu，僅從書籍的裝訂形式即可感受到東方漫畫異於西方之處，這是相當珍貴的。反觀繪本，因為絕大多數的中文、日文繪本在創作時即採取左翻，要描述東方繪本的特色，顯然無法在書籍裝幀方式上著力。

繪本源於西方，這是不爭的事實，我既無意、也無法批評以左翻形式創作繪本的亞洲作者（包括華人、日人等），但如果他們腦中曾閃過一絲絲「創作具有東方色彩繪本」的念頭，我願意提醒她／他回顧一下中文、日文書的書寫及裝訂傳統。因為一本書的裝幀方式，即是它的說故事方式。就像那句老話：形式即內容！

——二〇一二年六月《兒童哲學》第十七期

繪話連篇七：從「獨樂樂」到「眾樂樂」

——談《Yo! Yes?》改編動畫

Chris Raschka的《*Yo! Yes?*》（一九九三）是一本有名的繪本，曾獲凱迪克大獎，由它改編的動畫相對來說比較少人知道。這部動畫於二〇〇〇年出品，導演是Michael Sporn，片長五分四十三秒。

動畫版的《*Yo! Yes?*》大致上忠於原著，對話不增不減，人物造型也直接引用自原作。與原作相符之處先不談，我更有興趣的部分是與原作不符之處。為了討論方便，兩個角色我暫稱為「小黑人」（翻開書本，位於左者）與「小白人」（右者，其實他也可能是黃種人）。

動畫與原作最大的差別，在於增加了小黑人玩籃球的情節。一開始小黑人追著球出場，然後有時運運球，有時拿在手上輕拋，有時做投籃動作（狀似投籃，但籃框在動畫中並未確實畫出），一副自得其樂的模樣，直到一分十八秒小白人才現身。一分十八秒處，全片已進行超過五分之一！這樣的安排，將原作中戲份相當的雙主角切割成一主角（小黑人）、一配角（小白人）！

接下來兩人的對話跟原著沒有不同，但在對話的過程中，小黑人一直自己玩著籃球，至此，籃球仍只是個無關緊要的小道具。直到第三分四五秒小黑人先把球投給小白人，之後對他說「Me!」（原書從書名頁起算第二十二頁），這顆球的意義就變大了。

小黑人忽然把球投來，小白人始料未及、不得不接，但這動作令人覺得小黑人的友情邀約未免太過粗魯、霸道，彷彿對方不可拒絕。而小白人回答前，先把球丟還給小黑人，之後說出「You?」（原書第二十三頁），恰可解釋他接球是不得不然，雖接了球，事實上還在考慮要不要接受小黑人的友情——所以「You?」仍是個疑問句。

小黑人第二次把球丟給小白人是在影片第四分二十五秒（原書第二十八頁），所謂「一回生，兩回熟」，這次小白人接球接得比較順手，且面帶笑容把球丟回給小黑人，並說出一句肯定的「Yes!」。此時籃球變成兩人共享，小黑人也確定新交了一個朋友！——且慢！或者該說小黑人新交了一個「球友」會更正確一點、精確一點！

這顆藍球是動畫片的新設計，但這個創意至少替原著增添兩個爭議點。

第一，在原著中，小黑人看起來樂觀開朗，小白人顯得內向，不過兩人都很孤單、都需要朋友。但動畫中的小黑人透過打球突顯出能自得其樂的性格，令人懷疑他是否需要更多的友情。如果孤單可以量化、可以比較，則動畫中的小白人顯然比小黑人更加需要朋友！

第二，小黑人喜歡打籃球，但「獨樂樂不如眾樂樂」，籃球一個人玩不如兩個人玩，所以他主動找小白人結交。那麼，他想要的是一個單純意義的「朋友」？或是一個陪伴打球的「球友」？

無論如何，「絕對忠實的改編」是不存在的，忠實也不是改編的最高價值。《*Yo! Yes?*》的動畫屬於Michael Sporn及其團隊，而非Chris Raschka。能看到《*Yo! Yes?*》改編成動畫是一件快樂的事，我不願獨樂樂，故撰此文向大家推薦。

——二〇一二年七月《兒童哲學》第十八期

虛擬討論會：雷驤、林志玲、徐錦成共讀繪本

——《Formosa，一座島嶼的故事》

弁言：

雷驤先生及林志玲小姐都撰文討論過《FORMOSA，一座島嶼的故事》一書。雷先生的文章登在台東師範學院出版的《兒童文學、閱讀與通識教育學術會議論文集》裡。該研討會於二〇〇一年五月四日在台東舉辦，雷先生應邀參加座談，會議論文集裡收錄的三頁短文〈友善與粗暴——閱看繪本背後〉，是雷先生於該會的講話大綱。林小姐的文章〈島嶼的故事〉則登在二〇〇五年二月十三日《自由時報》第三九版上。當時是新春期間，《自由時報》策劃專題「遇見一本書」，邀請幾位知名人士撰寫短文推薦書籍，而林小姐推薦了《FORMOSA，一座島嶼的故事》。

這篇文章若照「規矩」寫，宜寫成學術論文，引用林、雷兩人的意見時

書名：《Formosa，一座島嶼的故事》
作者：羅斌（Robin Ruiaendaal）、葉姿吟
插畫：吳日昇
文類：繪本
出版社：台原出版社
出版日期：二〇〇〇年三月

加注釋說明出處。但我覺得那樣寫太無趣，選擇了另一種寫法——也就是您底下將看到的這篇「圖畫書討論會紀錄」。文中我所引用的林、雷兩人的意見，都是原汁原味，未加修改（一如寫論文引用別人的話時決不可修改）。我所做的，只是加以剪接組合。這就像電影的剪接，剪接師只從導演拍的毛片來下刀，導演未拍的，剪接師剪不出來。

我相信這樣的說法：「引用，往往即是一種致敬（Homage）。」而這篇文章雖有一半以上不是我寫的，但仍是我的創作。若有文責，該由我個人承擔。

對於林小姐的看法，我有許多不同意見（我想雷先生也是吧），因此想寫這篇文章與之商榷。林小姐本人及其粉絲們如果對我寫這篇文章不滿，我願再次強調：林小姐的文章既然登在《自由時報》上，我便視其為作家，而不是一個模特兒。

錦成：我覺得很榮幸，能夠跟志玲及雷老師一起讀繪本。對於喜歡閱讀繪本、關心繪本研究的人來說，接觸到雷老師和我本人的意見的機會很多，但志玲也願意發表她對繪本的看法，相較之下就難得了。我猜想，也許全台灣提倡繪本閱讀的學術單位、公益團體甚至出版業者，都巴不得找志玲替繪本代言吧！（志玲笑，現場觀眾也大笑。）

志玲是台灣第一模特兒，這點我不必多作介紹。但我必須先說明，志玲來參加這場討論會的身分，是一個專業讀者，也是一個作者。我希望大家先忘記志玲在伸展台上的美麗，雖然那很難（觀眾又大笑），因為那與這場討論無關。

我們今天要討論的繪本是《FORMOSA，一座島嶼的故事》。這本書是志玲推薦大家來閱讀的。志玲，你是在什麼情況下「遇見」這本書的？

志玲：在偶然的機會裡，小阿姨推薦我看了這本書。

錦成：是不是請你向大家介紹一下這本書的大意？

志玲：《FORMOSA，一座島嶼的故事》是一本由祖籍荷蘭的羅斌（Robin Ruiaendaal）和生長在台灣的葉姿吟共同撰寫的中英對照書。厚厚大大的一本書沒有很多的字，何況有一半是英文。

第一頁裡這樣寫著：「三百多年前，台灣住了很多人，大家藉由通婚、貿易、交友甚至打仗，而有了各種互動。當時生活在台灣的人，也包括了漂洋過海的荷蘭人。這本書要說的便是有關荷蘭人住在台灣時所發生的一些事。關於台灣歷史的故事有很多很多，誰贏？誰輸？或我們怎麼樣？他們怎麼樣？並不是這本書的重點。

這本書只是關於很久以前，住在這島上的人們，生活的一些故事。」這就是整本書的內容。

錦成：我注意到志玲是引用書裡的文字來介紹這本書。這樣做或許很方便，但好像缺少了你做為讀者的個人詮釋與意見。我很好奇，這本書吸引你的地方究竟在哪裡？能不能告訴我們？

志玲：真正吸引人的是，書中述說的每一個故事都附有精美的歷史圖片來說服人。荷蘭保存了和十七世紀台灣相關的文獻、食譜、版畫、油畫、素描與地圖，而羅斌一一找了出來給我們看。

他認為書裡的每張地圖上，都有著關於大海、島嶼跟人的故事。他說：「由於荷蘭到台灣需要一年的時間，所以船上很難吃到新鮮的東西。而且有三分之二的人離開後，就再也沒有回過家鄉荷蘭了。」

錦成：的確無法否認，如果追溯現今台灣人的血統來源，我們的祖先也包括許多荷蘭人。但這本書對於荷蘭人的描述跟我的認知很不同。荷蘭人不是殖民者嗎？為何作者對於荷蘭人的描述如此正面呢？台灣對荷蘭來說到底是海外的國土？或是殖民地？或是暫時的過境驛站？從這本書完全看不出來。這一點，不知雷老師的看法如何？

雷驤：中國人或台灣人要簡約回敘這段歷史備感困難——我們是吃過大虧的一方，誰都不能輕鬆帶過，不免要想起到殖民、經濟掠奪、奴役的方面來。舉個例子來說，我們就無法對某一回荷蘭人懷疑台南附近原住民有暴動的可能，而先發制人的消滅了整個部族之事，概意的以「甚至打仗」，「而有了互動」來理解。

不過書的確編得活潑充實，採引的圖片文獻來自各個方面。

志玲：在荷蘭人走後一百年，台灣的原住民還使用荷蘭人教他們的ＡＢＣ寫自己的語言。雖然信不信由你，但它是有圖片作證的。

錦成：這點我也注意到了。但老實說，作者的說法令我十分不安。他說：「在荷蘭人的學校中，他們教原住民寫原住民語跟荷蘭語，並教他們基督教聖經中的故事。有一些原住民喜歡，但有一些原住民並不喜歡。」輕描淡寫的筆法。我不禁要問，既然「有一些原住民並不喜歡」，荷蘭人是如何處理的？是不惜動用武力強迫原住民接受ＡＢＣ？或者放下自己的文化優越感，反過來認同原住民原有的生活方式，跟原住民融合在一起？

雷驤：荷蘭人並非只到島上來「做生意」，統治、殖民、壓榨無所不至。如史學家戴國煇所言「殖民絕非慈善事業」。

錦成：對！我也從不幻想荷蘭人來台灣是為了作善事。但作者對這點不但未給予答案，且明顯避重就輕在替荷蘭人隱諱。

雷驤：有些事作者只表述一部分（如把鄭成功說成「商人、船長兼將軍」），意旨相反的部分（如鄭氏是改朝換代時忠心耿耿的遺臣）則略去不述，任由讀者自動推演而得到「整體的印象」。這種技巧使缺少歷史認知的讀者（尤其本書對象是寫給中外的孩子們）容易循著作者的史觀去思考和記憶。而作者表面上保持「放遠距離、放寬角度」敘述歷史的態度。

書中假設有四個小孩經常玩在一起——一個原住民、一個中國人、一個荷蘭人、一個日本人與原住民的混血兒，接著用他們的友誼以及比較其間的異同，將當時的台灣描述成平等共處的國際化地區。（而依據我們的常識，那時統治者和被役者的地位絕非對等；既得利益者、中層與下層間的歧見必然深重。）

書中也毫不介意地提及：「有一些荷蘭人的頭髮是紅色的，所以中國人叫他們『紅狗』或『紅毛蕃』。還好的是，因為大部分荷蘭人聽不懂中文，所以沒什麼太大的關係。」態度寬容而友善。

一切珍貴有趣的細節，無非證明荷蘭人對台灣的貢獻——在建築、教育和各方面的開發，而非全然是一個悄然退出舞台的敗北者。

錦成：雷老師似乎看到了一般人看不到的部分。事實上如果我們的閱讀經驗夠豐富，就能體會文學作品中沒寫的部分往往比寫出來的部分更有趣。光解讀表面的文字是不夠的，更重要的是發掘文本縫隙間的意義。

雷驤：自兩千年前孔子使用「曲筆」記史以來，早就訓練成「閱讀文字背後」的功夫，但仍然被本書作者巧妙的引導過去，盡情的以荷蘭本位，選擇性的陳述故事，它的出版甚至還得到我國文化建設主管機構的助印。在書的封底我們看到贊助它的出版的單位，不只是荷蘭飛利浦公司，也包括新光基金會與文建會。

錦成：文建會是否未看出本書的可爭議處，或是看出來了卻仍予以補助？這點頗值得探討。只可惜我們時間有限，這場討論會已到了該下結論的時候。先請志玲說吧。

志玲：幾百年後，荷蘭人已經不再統治這塊土地，但FORMOSA卻依然耀眼的屹立，成為某種待續。

錦成：志玲的結論說得真好！雷老師呢？

雷驤：本來「歷史」即存在於後人不斷的敘述之中。不同的視角，自有選材的取捨，結果自然迥異。但歷史的證據不消亡，解釋與導向將不會定於一種。個別的敘史者本於自己的認知和良心，也許不必太在乎一時一地的讀者反應。不過教師和家長常常是讀物選購者或諮商角色，對於一本書的寫作背景，從閱看中應有公正判斷。

錦成：輪到我了。我想拋出兩個問題，代替結論。第一，這本書是中、英文對照的，不知道它是否也在荷蘭發行？（在荷蘭發行時，應該是荷語版吧！）我們不妨想像一下，洋人小孩閱讀了這本書之後，對台灣會有怎樣的認識？第二，荷蘭曾經殖民台灣，這是歷史事實。本書作者之一羅斌是現代人，當然不是殖民者，按理說我們不該把幾百年前的帳算在他頭上。但他這本書畢竟仍令我們這些被殖民者的後代不滿意。究竟問題出在哪裡？

我不會推薦這本書給別人（包括大小朋友）看，除非加以提醒，要帶著反省和批判的角度來讀它。

無論如何，今天我們共度了一個愉快的討論會。謝謝志玲！謝謝雷老師！

——二〇〇七年十一月五日《自由時報自由副刊》

內容與形式「雙善」的繪本——評鐘亞淳《象善》

《象善》是新銳繪本作家鐘亞淳的第一本書。《象善》與「向善」諧音，而其書的英文書名是"*Going Kindness*"，翻譯自「向善」而非《象善》，正說明本書主旨是「向善」。

本書敘述一頭具大慈悲的善象，因體諒獵人為照顧家人而獵象，放下嗔恨之後，捨自己的象牙送給獵人，故事內容充滿善念。讀此書，能激發讀者之慈悲心。

內容的純淨當然是本書優點，但本書更令人讚嘆的，應是形式的巧思。這本繪本採用經摺本的方式印製，呼應本書「佛典故事」的內容，且不僅於「形式／內容」的結合這麼簡單。

經摺本的形式與一般書籍最明顯的不同有二。首先，經摺本有長卷的性質，本書雖有分頁（摺頁），但畫面一個接連一個，圖畫上並未中斷，若把全書攤開，其實就是一幅狹長的圖畫。這樣的形式，唯有使用經摺本才能展現，絕非故意不用一般的書籍裝訂形式。

書名：《象善》
作者：鐘亞淳
文類：繪本
出版社：佛光文化
出版日期：二〇一八年三月

其次，本書有雙封面、雙版本，採用經摺本，也比一般書籍來得貼切。從彩色封面的那頁翻起，則本書是一長卷的無字彩圖，也就是一部無字的繪本。雖無字，但圖畫本身能講出一個完整且動人的故事。而若從黑白封面的那頁翻起，則是一部有文字的、黑白素描的繪本。此面的黑白素描，就是彼面的繽紛彩圖的黑白線稿版。採用經摺本，讓這本書乘載了兩個版本，一體兩面、互為表裡。

稍嫌可惜的是本書採取了左翻、文字橫排的方式。台灣的閱讀習慣原本是右翻、文字直排，但受到西潮的影響，台灣繪本罕見右翻的形式。而若考慮到佛經的閱讀習慣，或許本書採用右翻會更有意味。

全書充滿曼荼羅圖畫，亦是明顯的亮點之一。在「文字黑白版」那一面，開頭第一句即是：「曼荼羅，聖者所居之處，是培養佛菩薩的道場。」曼荼羅又譯為「曼陀羅」，有兩種意思，除了「聖者所居之處、培養佛菩薩的道場」之外，大眾更熟悉的應是指一種佛教繪圖的方法與風格。本書大量使用曼荼羅圖畫，讓白象置身其中，實際上也呼應了白象求道、乃至成道的歷程。

在曼荼羅的一路陪伴中，白象及讀者都走了一趟修行之路。鐘亞淳的《象善》，無疑是內容與形式「雙善」的繪本。

——二〇一八年七月二十日《台灣時報副刊》

內容與形式「雙善」的繪本

輯五

在隨筆與評論之間

龔自珍的「童心」

龔自珍向來被視為「劍氣簫心」的大詩家，但定盦之所以是大家，當然不是幾個「俠骨」、「幽情」的刻板名詞可以含括道盡的。熟悉定盦的讀者，不難在他豐富的作品中讀出他對「兒時」、「童心」的嚮往。翻翻《龔自珍全集》，隨手拈來的例子就有：

「晝則壯矣，夜夢兒時。豈不知歸？為夢中兒。」（〈黃犢謠〉）

「瓶花帖妥爐香定，覓我童心廿六年。」（〈午夜初覺悵然詩成〉）

「道緂十丈，不敵童心一車。」（〈太常仙蝶歌〉）

「猛憶兒時心力異，一燈紅接混茫前。」（〈猛憶〉）

「黃金華髮兩飄蕭，六九童心尚未消。」（〈夢中作四截句・其二〉）

「既壯周旋雜癡黠，童心來復夢中身。」（〈己亥雜詩・第一七〇〉）

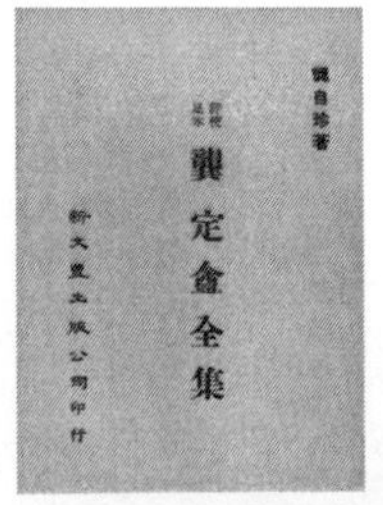

書名：《龔定盦全集》
作者：龔自珍
文類：詩文合集
出版社：新文豐出版
出版日期：一九七五年三月

「千古聲名，百年擔負，事事違初意。心頭閣住，兒時那種情味。」（〈百字令・投袁大琴南〉）

從這些詩詞中，我們可以看到詩人對童年的懷念，以及他對於自己已然失卻「童心」的扼腕。

詩人基本上承認自己「童心」不再，所以他會說：「覓我童心廿六年」、「童心來復夢中身」。比較弔詭的是〈夢中作四截句・其二〉的一句：「六九童心尚未消」，這似乎又說他自己「童心」未泯了。也因為這一句，許多解詩者便樂於說定盦「童心未消」。且不提這句詩在定盦作品中是否只是「孤證」，定盦之前後矛盾，殆無可辯。

然而，東坡不是說過嗎？「賦詩必此詩，定非知詩人」。詩之為詩，原本不必過於當真。定盦「童心」之有無，亦實在無關緊要。

但儘管爭議定盦「童心」之有無毫無必要，筆者之所以會「翻翻《龔自珍全集》」、乃至於寫出這篇文章，卻是事出有因——我忽然想查查這位對「童心」念念不忘、對童年勤於歌頌的大文豪，可曾寫過什麼具有童趣或適合兒童閱讀的作品嗎？

很遺憾，我並沒有找到這樣的作品。

事實上，定盦之詩文「奇境獨闢」、「奇崛淵雅」（見林昌彝《射鷹樓詩話》）世所公認，要在他的作品中覓得童趣，原本無異緣木求魚。就算他也寫過「寓言」——一種據說適合九歲到九十九歲的人閱讀的文類——如〈病梅館記〉、〈捕蜮第一〉、〈捕熊羆鴟鴞豺狼第二〉、〈捕狗蠅螞蟻蚤蜰蚊虻第三〉等，但他的「寓言」基本上仍是理性的、經世的，跟童趣扯不上任何關係。

定盦生於西元一七九二年（乾隆五七年），比安徒生（一八〇五—一八七五）年長十三歲，兩人可算是同時代的人。但定盦畢竟死得太早了。〈己亥雜詩・第二一四〉有云：「男兒解讀韓愈詩，女兒好讀姜夔詞。一家倘許圓鷗夢，晝課男兒夜女兒。」寫完《己亥雜詩》翌年，定盦於丹陽暴卒，得年五十（實歲四十九），他的「鷗夢」畢竟未圓。我有時不免幻想：若定盦真有「晝課男兒夜女兒」的機會，在他為他的寶貝兒女說完韓愈、姜夔之餘，或許心血來潮會想要講幾則童話故事吧！以定盦的才華，焉知他不會成為中國的安徒生？大師早逝，永遠令人遺憾！

因仿定盦〈舟中讀陶詩〉，湊韻一首，權作結語：

定盦詩喜說童心，假作真來疑至今。倘許一家圓鷗夢，童心定向作中尋。

——二〇〇一年四月《國文天地月刊》一九一期

我那校園民歌的童年

前幾天去逛「大潤發」，無意間看到一些早年校園民歌的精選輯ＣＤ正以難以想像的超低價販賣。貪小便宜的心理作祟，便挑了兩張。

回到家裡聽了幾首，時光便彷彿倒流般，帶我回到童年。畢竟，我就是聽這些歌長大的啊！

忽然我心裡閃過一個念頭：既然我是聽這些歌長大的，那麼，這些歌曲能不能算是「兒童文學」呢？

這個念頭很有趣，但並不可笑。看看底下這首歌詞吧：

歡鑼喜鼓咚得隆咚鏘，
鈸鐃穿雲霄。
盤柱青龍探頭望，

石獅笑張嘴。
紅燭火，檀香燒，
菩薩滿身香。
祈祝年冬收成好，
遊子都平安。

歡鑼喜鼓咚得隆咚鏘，
鈸鐃穿雲霄。
范謝將軍站兩旁，
叱吒想當年。
戰天神，護鄉民，
魂魄在人間。
悲歡聚散總無常，
知足心境寬。

這首歌叫作「廟會」，它像不像一首童詩？這首詞的作者是賴西安，也就是著名的少年小說家李潼。

再看另外一首：

大風起，
把頭搖一搖。
風停了，
又挺直腰。
大雨來，
彎著背，讓雨澆。
雨停了，
抬起頭，站直腳。
不怕風，
不怕雨，
立志要長高。
小草，實在是並不小。

怎麼樣？這首「小草」（林建助作詞）像不像一首兒歌？

不騙你，當初聽這些歌的時候，我年紀還很小。在那個年代，麥當勞尚未「入侵」台灣，電視只有三個頻道可看，有電腦的家庭沒幾戶，書店裡的兒童讀物也不多，「繪本」這名詞則根本沒聽人說過。

但幸好還有校園民歌，有葉佳修、王夢麟、趙樹海、邰肇玫、包美聖、陳明韶、李建復、黃大城……等人。他們所唱的歌，通常都是自己作詞作曲。曲往往簡單而悅耳；詞則總是清純、有趣又富有感情（這樣的歌詞，在時下的流行歌曲裡幾乎絕種了）。這些歌，不但大人愛聽，連小孩也喜歡。

我就是聽這些歌長大的。所以我說，校園民歌就是我的「兒童文學」。

——二〇〇一年四月二十日《毛毛蟲月刊》一三一期

小說童年

親愛的同學們，學期結束了，該講的課堂上也早已講完，唯獨期末考的考卷，沒有機會跟你們討論。於是我想寫這封信，藉這封信，再跟你們聊一聊。

還記得期末考我問的那個題目嗎？

「許多小說家喜歡書寫童年經驗，你認為是什麼原因？」

還記得嗎？我跟你們講過的那幾篇「書寫童年」的小說：

沙究的〈童年〉，用第一人稱的敘事方式，讓讀者更貼近敘事者的心情。而由於小說主人翁的年紀正好和作者相同，我們很自然會猜想小說寫的是不是作者本人真實的童年經驗。就「小說是虛構」這一點來說，作家所寫的是不是自己的經驗毫不重要。但好的小說之所以會讓人感同身受，無非是因為寫到那一整代人的共同經驗。尤其是寫實主義的小說，常能在字裏行間保留時代的痕跡。這篇小說所描寫的日常生活點滴，如今看來有著紀錄片的趣味，即是「寫實」在小說中發揮了作用。

沙究〈童年〉收錄在《浮生》
書名：《浮生》
作者：沙究
文類：短篇小說集
出版社：圓神出版
出版日期：一九八七年四月

陳映真的〈鈴鐺花〉，透過小孩的眼光來寫六〇年代的白色恐怖。受限於敘事者的年齡，小說家無法藉之大談政治理念，但小說的成功恰巧也正在此。純真的小孩子看政治，比大人看政治更「恐怖」。這是反差造成的張力。

東年的《初旅》，寫的不僅是主角李立第一次實際的旅行（坐火車從基隆到宜蘭），也是他人生的「初旅」。事實上「童年」對每個人的人生旅程而言，都是「初旅」。此外，李立可以做為國族寓意式的角色來解讀：李立的初旅，也就是台灣的初旅。……

我是這樣說的，我想你們應該記憶猶新。

之所以選擇「書寫童年」的小說來談，最初的用意是設想你們的人生閱歷有限，要寫小說恐怕沒有太多題材可寫，而童年經驗是每個人都有的，從自己的童年找材料，是初學寫作者的方便法門。

我這樣的想法當然在課堂上已經說得很明白，然而有另一個截然不同的想法，要在此鄭重的提醒你們，尤其幾個對創作有興趣的同學，請你們務必謹記在心。這個想法是：

除非你的童年經驗真的對讀者有啟發，而寫出來不會傷害別人（尤其是自己親近的人），那才值得一寫。千萬不要為了創作，而剝削自己的回憶。

陳映真〈鈴鐺花〉收錄在《山路》
書名：《山路》
作者：陳映真
文類：短篇小說集
出版社：遠景出版
出版日期：一九八四年九月

我教你們釣魚，但現在我想說，有些魚可以釣，但有些魚最好捨得放過。

創作是為了讓世界更美好，至少是讓自己變得更好，而不是為了揭人隱私或傷害他人。

親愛的同學們，我希望你們牢牢記住：作家也是人，是一般人，不是偉大的人，也不是特殊的人。作家不能假藝術創作之名傷害別人，尤其是身旁熟識的人。作家的道德標準跟一般人一樣。如果一個作家懂得自我要求，那他（她）的標準只會比別人更高。

回到「童年書寫」的問題，如果寫出童年經驗會傷害別人（通常是家人！），那麼下筆時，實在應該三思再三思。

你們的期末考卷大多答得很好。有人從創作者的心理著眼，認為「書寫童年」具有療傷止痛的效用：也有人認為「童年經驗」往往就是作者自己的經驗，寫自己總比寫別人更有感覺，也更容易些；有人解釋童年題材的意義，說童年代表生命最原始的風貌；有人從敘述技巧的美學考量來說明，強調「童言無忌」的寫法自有其好處；有人舉普魯斯特為例，認為書寫是想留住時間，至少是留住記憶；也有人從讀者的角度來看，說因為有讀者喜歡看童年故事，所以作家才喜歡寫。……

我沒有標準答案，只能說：這些都是對的。

書名：《初旅》
作者：東年
文類：長篇小說
出版社：麥田出版
出版日期：一九九三年三月

我們也都同意，童年對一個人日後的發展經常有重大的影響。海明威說：「不快樂的童年是一個作家最好的訓練。」大概也是他的經驗之談。

但海明威的話可信可不信。一位同學的考卷答得理直氣壯：「因為回憶很美！」是啊！如果回憶很美，我們正不妨多寫些！

寫作是快樂的事，如果所寫的也是快樂的事，那就是加倍的快樂！快樂的童年可以培養出快樂的作家！

大江健三郎說：「寫作可以鍛鍊精神。」我則說：「喜歡寫作的孩子不會變笨。」人活著就要動，身體要運動，頭腦也要運動。寫作是最好的頭腦體操。

寫下去！我不知道你們會不會成為小說家，但可以保證你們一定「頭好壯壯」！

深深地祝福你們！

——二〇〇三年五月九—十日《自由時報自由副刊》

——本文有刪節

疼惜台灣童話

我主編的一本年度童話選出版不久，就受到一些人注意，有電台的讀書節目要訪問我談這本書，我欣然赴約。

主持人對這本書很肯定，還說他喜歡某某篇，可見這書他是看過的。但他有一個問題仍令我錯愕。他問：「台灣的童話可以每年編一本選集嗎？」

我楞了一下，但很快、很誠懇地回答他：「是的。台灣的童話究竟究竟多不多？好不好？有沒有必要每年編一部選集？這些問題在我編這本書之前，曾經困擾過我，但如今這本書已經出版，所有疑問都有了肯定的答案。出版這本童話選，一方面是要肯定台灣童話的成就，提醒讀者大眾注意台灣童話；另一方面，也希望藉此刺激、鼓勵台灣童話界，繼續創作豐富的作品。以現今台灣童話的實力，我相信『年度童話選』可以年年編選下去。」

話說得很有把握似的，但老實講，在編選這本書之前，我的確很心虛。那時候

書名：《九十二年童話選》
主編：徐錦成
圖：貝果
文類：短篇童話選集
出版社：九歌出版社
出版日期：二〇〇四年三月

我跟主持人一樣，對台灣童話一點把握也沒有。我有的，只是一個夢想。我夢想，世上能有這麼一部書，年年紀錄台灣童話的成績。

最初跟出版社談這部書的出版計畫時，我預估台灣每年的童話產量應在一百到兩百篇之間。如果十篇取一，便能挑出十來篇，做一本薄薄的選集。出版社沒多問我憑什麼預估，但仍肯定我的構想，要我放手去做。

於是接下來的幾個月裡，我常待在圖書館，地毯式從全年度的各種報紙、雜誌、書籍、文學獎……等處蒐集童話。這是死功夫，絲毫取巧不得，因為以前從沒人做過這件事。童話在哪裡？沒有人知道。

辛苦可以想見，但我做得既愉快又甘願。而讓我驚喜的是：數量很快就突破兩百篇了。看著手中一篇篇精采的童話，我不得不承認，以前我太看輕台灣童話了！一定有許多人和我一樣，原先並不知道台灣每年有這麼多童話發表吧？

一定有很多事情，像台灣的童話一樣，堅定、自信地存在著，卻從沒有人發覺，進而予以肯定吧？

許多人並不閱讀童話。有人認為台灣沒有自己的童話，放眼書市全是舶來品，這本書的出現，他們應該知道錯了。另外也有人認為：童話是給小孩子看的，不是成人的讀物。這也是錯誤的觀念。童話固然適合小孩，但決不限於小孩閱讀。甚至，在我與人交往的經驗裡，我發現喜歡童話的成人，為人處世往往較為溫和、柔軟。閱讀童話，使他們保有一顆童心。

「年度小說選」及「年度散文選」已出版多年，在台灣文壇可說是每年例行的盛事。「年度詩選」因為現實的市場因素，淪為小眾，但也是詩壇的嘉年華會。如今加上「年度童話選」，台灣文學的花圃更美麗了。

我十分感謝有機會編選這本書。因為這個難得的經驗，讓我比別人更早、更全面地欣賞到台灣童話的美麗容顏。也真心希望，台灣的兒女能疼惜台灣童話，讓「年度童話選」年年不斷續編下去。有童話的國度，必是一個美麗的國度。

——二〇〇四年四月三日《新台灣週刊》第四一九期

——收入李敏勇編著《心的風景50選》（玉山社，二〇〇五年八月）

童話的出土與出擊——從最近出版的三本童話集談起

今年（二〇〇五）七月，台灣童話界可說收穫豐富。同一個月裡，書店裡出現了三本童話新書。這三本同時出版的童話集，來歷頗不相同。以下我依作者的齒序一一介紹。

首先是嚴友梅的《飛上天》，由民生報社出版。這本書的封底文案，稱嚴友梅為「台灣兒童文學的開拓者」，這樣的讚譽對今年高齡八十歲、出版過四十餘部兒童文學作品的嚴友梅來說當之無愧。但這本書未透露的是，它其實並非資深老作家重出江湖的新品，而是一部「出土」的舊作。

《飛上天》是十二篇由相同主角連綴而成的短篇童話系列，亦可視之為一部科幻長篇童話。它最早出現於一九七八年，是嚴友梅寫給台視的一齣兒童電視劇的劇本。這齣電視劇共有十五集。而這些劇本在一九八六年又由嚴友梅挑出十二篇改寫成故事體，以一年的時間逐月發表在《兒童的》雜誌上。算起來，幾乎也是二十年

書名：《飛上天》
作者：嚴友梅
插畫：林妙貞
文類：短篇童話集
出版社：民生報社
出版日期：二〇〇五年七月

前的事了。好作品當然沒有時效問題，但老前輩的精心創作卻隔了近二十年才與讀者見面，也令人不能毫無感慨。

第二本書是陳正治的《聰明小童話》，由天衛文化出版。這本書也不是新作，全書十一篇，均見於陳正治一九八六年五月於民生報社所出版的《童話城》一書。《童話城》初版共收十二篇童話，曾增訂再版為十三篇，刪去兩篇之後，便是現在這本《聰明小童話》。陳正治是台灣重要的兒童文學學者，難得的是，他同時也是創作者。無可諱言，大家經常忽略他的創作部分。

相較於前兩本書，楊隆吉的《愛的穀粒》（新苗出版）則是完全的生猛新鮮。楊隆吉是這幾年崛起的童話新銳，但短短幾年已寫出明顯的個人風格。他的插科打諢無厘頭，已成為當代台灣童話的一景。這本書是今年童話界漂亮的一擊。

《愛的穀粒》的風格與前兩者南轅北轍不在話下。而在編輯上，本書還有一個小地方值得注意，那就是：書末附錄了全書十六篇的原始出處索引。從這篇索引可清楚了解，本書除最早的一篇〈藍蘋果〉發表於一九九四年外，其餘十五篇都發表於二〇〇一到二〇〇五年之間。最晚發表的一篇是〈阿吉的恐龍〉，分上、下兩次刊登於二〇〇五年二月十八日、二十五日的《大甲時報・藝文天地》。

在編輯技術上，這的確只是個小動作，但如果以學術研究的角度來看，這個小

書名：《聰明小童話》
作者：陳正治
繪圖：陳盈帆
文類：短篇童話集
出版社：天衛文化
出版日期：二〇〇五年七月

動作惠人良多。嚴友梅的《飛上天》，出版社完全未談作品的完成時間，如果不是對嚴友梅有所認識，很容易誤會它是一部新著。而陳正治雖然在自序中說明《聰明小童話》裡的作品「大多是四十歲以前寫的」（按：陳氏今年六十二歲），但隻字未提《童話城》，且各篇的原始出處亦付之闕如，對想進一步了解陳正治童話的讀者仍有困擾。

或許對於出版社而言，兒童文學作品的主力讀者／消費者應是兒童及其家長，而非兒童文學研究者。從商業的立場乍看，出版一本書而強調它是「出土舊作」也毫無益處。但話說回來，即使是兒童讀者，也有獲得完整資訊的權利。說明一部舊作何以值得在新時代出版，未必不具讓顧客掏腰包的說服力。

我常與人聊起台灣童話。在我的經驗裡，許多人並不清楚台灣童話的最新面貌。他們對於台灣童話——乃至於其他兒童文學文類——有著刻板而保守的印象；但歸根究柢，往往只是因為他們接觸的作品不夠多、不夠新，得到的資訊也不夠正確的緣故。以最近出版的這三本童話為例，如果某讀者只讀了嚴友梅或陳正治，可想而知他心中的當代台灣童話圖像必定與讀過楊隆吉的人大不相同。同時出版的書不見得是同時代的作品。毫無疑問，好作品即使是舊著仍值得出版（或重新出版），但出版社給予的相關訊息愈少，讀者描錯當代台灣童話臉孔的機率就愈大。

書名：《愛的穀粒》
作者：楊隆吉
插畫：楊隆吉
文類：短篇童話集
出版社：新苗文化
出版日期：二〇〇五年七月

台灣兒童文學以往少人關注，史料的收集與整理難免較為疏漏。所幸近年來研究風氣日盛，對於史料的耙梳與詮釋，已有一定的成績。但有時我會想，如果每本書都能清楚交代自身的來歷，則不但研究者可以省卻不少考證的力氣，一般讀者也將因為獲得更多、更完整的資訊，而成為更專業的讀者。當讀者變得專業，能輕易辨識「新書」的出土與出擊，屆時兒童文學研究的景況，必將是另一番新局面了。

——二〇〇五年十二月《文訊月刊》第二四二期

看畫——懷念童話家陳一華（一九五二—二〇〇六）

我讀過陳一華的許多童話之後，才知道她原來是位畫家。不過當時並不訝異，這可能是因為她的童話裡常提到畫的關係吧。

第一次看陳一華的畫，則是去年（二〇〇五）三月的事。當時她住在台北榮總的安寧病房，醫院幫她辦了一個畫展。她透過醫院社工聯繫我，約好在畫展開幕當天上午見一面。那天我早到了，便先到畫展會場上漫步欣賞。

前幾年，陳一華在《國語日報兒童文藝版》密集發表了一系列「詩一般的童話」，是台灣童話界津津樂道的盛事。我很喜愛陳一華童話，連續三年主編《年度童話選》，每年都選了她的作品。但老實說，她的畫讓我感覺十分陌生。最直覺的想法是：這位創作者運用兩種不同的藝術媒材，展現了自己的雙重性格。她的童話與畫，具有兩種截然不同的面貌。

陳一華的童話，總是傳達樂觀、明朗的意念，文字亦如詩般甘醇甜美。在近幾年的台灣童話界，她是少數能展現強烈個人特色的童話家之一。最難得的是，寫這些童話時的陳一華，早已罹病多年。但在她的童話中，我們絲毫看不見病痛。然而面對她的畫，我卻無法聯想到童話。她有一幅畫叫「回憶」，內容畫著兩個蹲著的小孩和一隻狗。題材很有「童趣」，但照理說應該很活潑的角色，卻畫得像靜物。且色彩暈黃，給人灰暗的感覺。而這感覺，倒是挺容易理解是一位待在安寧病房的畫家的手筆。

我看畫看到約定時間，便上樓找陳一華。也許是知道以後再見面不容易了，她囑咐我，設法把她的童話作品出版。我很感激她的信任，便答應下來。但這個話題一開，我就提了一大堆童話出版的想法。病中的陳一華是不能太勞累的，當護士給了一個談話結束的暗示時，我只好告辭。四十幾天之後，陳一華便過世了。那次去榮總看畫，也是我見陳一華的最後一面。

我其實不懂畫，始終不知道我的「最直覺的想法」對不對？我設想陳一華是自覺性地把童話和畫的創作區分開來，讓自己化身為兩個藝術家。把希望留給童話，將掙扎寄託畫裡。但實情如何，已無法請教作者本人了。

陳一華生前留下五十八篇童話，在她逝世一年後，終於有出版社願意整理出版全集。我相信，那將會是台灣童話史上重要的一套書。

陳一華的畫，也將自七月十三日起，在台北市立社教館展出兩週。對一位去世的畫家來說，這很可能也是最後一次畫展了。喜歡陳一華童話的讀者，不宜錯過她的另一面。

——二〇〇七年七月八日《國語日報兒童文學版》

陳一華其人其作

陳一華，本名陳壹華，台灣台北人。一九五二年八月十九日生，二〇〇六年五月十二日因癌症病逝於台北榮總大德安寧病房，得年五十四歲。

陳一華生前從未出過書、從未得過文學獎。依文學界的慣例，很難稱這樣一個人為作家。因此陳一華去世，在台灣文壇絲毫未泛起波紋。事實上，陳一華也幾乎不與文壇人士來往。要描述這樣一位辭世作家，我們只能透過有限的文獻及她幾位朋友的資料提供，拼湊出如下的樣貌：

陳一華出生於台東。養父過世後，曾隨養母、繼父搬至高雄。讀過兩年國小，之後便輟學，未再唸書。大約九歲時搬去台南東山鄉。她的青春時期做過些什麼事，我們並不清楚。只知道她上台北，學過畫，參加過寫作班，也在大學旁聽或參加外面不少課程，廣泛接觸哲學、宗教、音樂、戲劇、舞蹈。她喜歡唱歌、跳舞、演戲，會不少樂器，也在合唱團好一段時日。她也在才藝班教過兒童畫。

書名：《失去聲音的腳印》

作者：陳一華

文類：童話集

出版社：慈濟傳播人文志業基金會

出版日期：二〇〇八年十月

二〇〇〇年，陳一華得知自己罹患癌症。大約同一時期，她開始創作童話，並向《國語日報》等媒體投稿。

二〇〇三年九月到二〇〇四年三月是陳一華童話創作豐收的季節。《國語日報・兒童文藝版》以「詩一般的童話」為專欄名稱，半年內密集刊出二十篇陳一華童話。恰巧二〇〇三年九歌首度出版《年度童話選》，陳一華以〈海星郵票〉一篇入選《九十二年童話選》。之後《九十三年童話選》（以〈失去聲音的腳印〉入選）、《九十四年童話選》（以〈小號角貝殼〉入選），陳一華均未缺席。二〇〇六年七月，天衛文化一次推出四本《二〇〇〇—二〇〇三臺灣兒童文學精華集》，陳一華更以〈春風裡的秋千〉（二〇〇〇）、〈七彩星星〉（二〇〇二）、〈海星郵票〉（二〇〇三）等三篇入選。以一位未出書的作者而能獲年度文學選集如此青睞，在台灣文學界堪稱異數。

在九歌版《九十三年童話選》中，陳一華曾自述：「寫『詩一般的童話』專欄時，我病得很嚴重，寫完即住進醫院，住了好長一段時間，在生死一線間掙扎。童話陪伴我，讀、寫的愉悅，讓我忘記病痛，忘記病房黯沉的氣氛。感謝上天的恩寵，我又能夠繼續讀書、畫畫、寫童話。」從這段自述中，可以看出陳一華對於生命、閱讀、繪畫、寫作的珍惜與喜愛。

書名：《快樂獅子王》
作者：陳一華
文類：童話集
出版社：慈濟傳播人文志業基金會
出版日期：二〇〇八年十二月

陳一華自二〇〇四年六月首度住進台北榮總，期間因病情反覆，幾度進出。榮總曾於二〇〇六年三月二十八日至四月十一日在醫院文化走廊為陳一華舉辦過一次畫展，那是她生前唯一一次畫展。二〇〇七年七月十三至二十六日，陳一華的第二次畫展在台北社教館展出兩週。不過這時她已過世一年了。陳一華生前未與畫壇往來，在畫壇毫無名氣。她所留下的近百幅畫作的價值，仍等待有心人發掘及肯定。配合這次畫展，《國語日報・兒童文藝版》於二〇〇七年七月十一至十八日刊出陳一華的童話遺作〈奇木莊有個奇木爺爺〉，這是陳一華至今發表的最後作品。

陳一華生前共留下五十八篇童話，大部分已在報章雜誌發表過。期待她的童話集早日面世。可以預料，那將會是台灣童話史上重要的大作。

——收入《二〇〇六台灣文學年鑑》（國立台灣文學館，二〇〇七年十二月）

——二〇〇八年四月二十七日《更生日報四方文學週刊》第七七〇期

——收入《失去聲音的腳印》（慈濟傳播人文志業基金會，二〇〇八年十月）

——收入《快樂獅子王》（慈濟傳播人文志業基金會，二〇〇八年十二月）

兒童文學：時間的藝術，寧靜的革命

早晨七點，我揹著手提電腦，照例走進麥當勞。點了一杯咖啡後，拿店裡提供的報紙到角落的位置翻閱。

社會充滿亂象，東山老虎吃人，西山老虎也吃人。報紙裡大部分的文字都跟手上的咖啡一樣苦澀。

翻完報紙，我把它還回去。回座打開電腦，先啟動音樂播放系統，戴上耳機聽馬友友。隔絕店裡的聲音後，我開始跟寫了大半年的論文繼續糾纏。我告訴自己，社會愈亂，愈要沉住氣作研究，好好寫這篇關於台灣童話研究的論文。

愈來愈覺得，兒童文學是一種時間的藝術。每一代的兒童都有屬於他們那一代的文學。他們在童年時閱讀的東西，到了成年、中年之後如果仍有部分牢記在心，那就是成功的兒童文學作品——甚至可能是經典，至少是那個時代的兒童文學經典。而大部分的作品將在他們成年之後被遺忘，即使它們曾經在他們童年時引起話題或頗為暢銷，但時間終究證明，它們只是一時的讀物。

判斷一部童書或一位兒童文學作家是否成功，最需要的是時間。也不乏逆反的現象。有些作品初版時，並不以兒童文學的面貌出現，卻受到兒童的喜愛。儘管主掌兒童文學詮釋權的學者專家大人們一時還無法替這些作品正名，但當這群兒童讀者長大成人，自會清楚哪些作品是屬於他們那時代的兒童文學。西方的著名例子是《格列弗遊記》和《魯濱遜漂流記》。而我小時候喜歡聽「小草」、「廟會」等歌，至今仍未懷疑這些校園民歌不是兒童文學。對了，據說現在有小學生在學唱這些歌，我想我猜得出他們的老師是「幾年級」。

馬友友的大提琴忽然有了雜音。哦，不是，是來速食店的小朋友漸多，熱鬧的聲音傳進耳機裡。我這才想起原來今天是周末。

小朋友因快樂而喧嘩，但陪他們來的大人卻個個心事重重。社會愈來愈亂，如果這些家長上街吶喊抗爭，我要不要跟去呢？

心思一下子岔開了，我趕緊提醒自己回到論文上。

兒童文學是需要時間的藝術。優異的兒童文學作品既不是當代能論斷，那創作者何必急、研究者何必慌呢？如果沒有即刻離座走上街頭的打算，何不把眼光放遠、戰線拉長，專心研究、繼而認真推廣自己的所知所學呢？

從事兒童文學相關工作，其實就是從事社會運動。兒童總會長大成人，如果此刻我們不曾給予他們真善美，怎能期待將來有一個更好的世界呢？

因此，兒童文學也是一種寧靜的革命。

心思好像離論文愈來愈遠，但又似乎從未離開。

速食店裡喝咖啡，有感，爰記如上。

——二〇〇五年十一月二十日《中國時報開卷版》

PG2143 Viewpoint39

時間的藝術

——兒童文學短論集

作　　者 / 徐錦成
責任編輯 / 陳慈蓉
圖文排版 / 林宛榆
封面設計 / 蔡瑋筠
封面內文插圖 / 徐錦慧

發 行 人 / 宋政坤
法律顧問 / 毛國樑　律師
出版發行 / 秀威資訊科技股份有限公司
114台北市內湖區瑞光路76巷65號1樓
電話：+886-2-2796-3638　傳真：+886-2-2796-1377
http://www.showwe.com.tw
劃撥帳號 / 19563868　戶名：秀威資訊科技股份有限公司
讀者服務信箱：service@showwe.com.tw
展售門市 / 國家書店（松江門市）
104台北市中山區松江路209號1樓
電話：+886-2-2518-0207　傳真：+886-2-2518-0778
網路訂購 / 秀威網路書店：https://store.showwe.tw
國家網路書店：https://www.govbooks.com.tw

2018年12月　BOD一版
定價：310元

國家圖書館出版品預行編目

時間的藝術：兒童文學短論集 / 徐錦成著. -- 一版. --
臺北市：秀威資訊科技, 2018.12
面； 公分. -- (Viewpoint ; 39)
BOD版
ISBN 978-986-326-635-8(平裝)

1.兒童文學 2.文學評論

815.92 107019434

讀者回函卡

感謝您購買本書，為提升服務品質，請填妥以下資料，將讀者回函卡直接寄回或傳真本公司，收到您的寶貴意見後，我們會收藏記錄及檢討，謝謝！如您需要了解本公司最新出版書目、購書優惠或企劃活動，歡迎您上網查詢或下載相關資料：http:// www.showwe.com.tw

您購買的書名：________________________________

出生日期：________年________月________日

學歷：□高中（含）以下　□大專　□研究所（含）以上

職業：□製造業　□金融業　□資訊業　□軍警　□傳播業　□自由業

□服務業　□公務員　□教職　□學生　□家管　□其它____

購書地點：□網路書店　□實體書店　□書展　□郵購　□贈閱　□其他

您從何得知本書的消息？

□網路書店　□實體書店　□網路搜尋　□電子報　□書訊　□雜誌

□傳播媒體　□親友推薦　□網站推薦　□部落格　□其他________

您對本書的評價：（請填代號　1.非常滿意　2.滿意　3.尚可　4.再改進）

封面設計____　版面編排____　內容____　文／譯筆____　價格____

讀完書後您覺得：

□很有收穫　□有收穫　□收穫不多　□沒收穫

對我們的建議：________________________________

____

____

____

請貼
郵票

11466
台北市內湖區瑞光路 76 巷 65 號 1 樓

秀威資訊科技股份有限公司　　　收

BOD 數位出版事業部

....

（請沿線對折寄回，謝謝！）

姓　　名：＿＿＿＿＿＿＿＿　年齡：＿＿＿＿　性別：□女　□男

郵遞區號：□□□□□

地　　址：＿＿＿＿＿＿＿＿＿＿＿＿＿＿＿＿＿＿＿＿

聯絡電話：(日)＿＿＿＿＿＿＿＿＿＿(夜)＿＿＿＿＿＿＿＿＿＿

E-mail：＿＿＿＿＿＿＿＿＿＿＿＿＿＿＿＿＿＿＿＿